Aschenglorie

保罗 · 策兰（Paul Celan，1920—1970），20 世纪下半叶以来在世界范围内产生广泛、重要影响的德语犹太诗人。生于原属奥匈帝国历史名城泽诺维茨（帝国瓦解后该城划归罗马尼亚，后被并入乌克兰）一个讲德语的犹太家庭。纳粹占领时期，策兰父母惨死于集中营，策兰本人经历苦役和逃亡，幸免于难。1952 年，经维也纳辗转流亡、定居在巴黎的策兰在西德出版诗集《罂粟与记忆》，其中《死亡赋格》一诗在德语世界产生重大影响，成为具有纪念碑性质的时代之诗。在这之后，策兰的创作日趋深化、发展，出版了包括《言语栅栏》《无人玫瑰》《换气》《线太阳群》等多部重要诗集和译诗集。获得了包括毕希纳奖在内的多种德语文学奖，甚至被称为“我们时代的荷尔德林”（奈莉·萨克斯语）。1970 年 4 月，策兰因无法克服的精神创伤在巴黎投塞纳河自尽。在他死后，他的诗歌及悲剧性命运引起了更广泛关注。现在，他已被公认为继里尔克之后最伟大、卓越的德语现代诗人。

王家新，诗人、翻译家，策兰在中文世界的主要译者、研究者、也是第一个策兰作品中文译本《保罗 · 策兰诗文选》（2002）的主要译者。多年来，他的创作和翻译，包括对策兰的倾心翻译和研究，已在中国诗歌界、文学界和读者中产生了广泛和深刻的影响。

灰烬的光辉

保罗·策兰诗选

[德] 保罗·策兰 著 王家新 译

GUANGXI NORMAL UNIVERSITY PRESS
广西师范大学出版社
·桂林·

灰烬的光辉：保罗·策兰诗选
HUIJIN DE GUANGHUI: BAOLUO CELAN SHIXUAN

出版统筹：多　马
策　　划：多　马
责任编辑：吴义红
产品经理：多　加
书籍设计：鲁明静
篆　　刻：张　军　张泽南
责任技编：伍先林

图书在版编目（CIP）数据

灰烬的光辉 ：保罗·策兰诗选 / （德）保罗·策兰著 ；王家新译. --桂林 ：广西师范大学出版社，2021.1（2022.11 重印）
ISBN 978-7-5598-3428-7

Ⅰ. ①灰… Ⅱ. ①保…②王… Ⅲ. ①诗集－德国－现代 Ⅳ. ①I516.25

中国版本图书馆 CIP 数据核字（2020）第 238024 号

广西师范大学出版社出版发行
（广西桂林市五里店路 9 号　邮政编码：541004
网址：http://www.bbtpress.com）
出版人：黄轩庄
全国新华书店经销
湛江南华印务有限公司印刷
（广东省湛江市霞山区绿塘路 61 号　邮政编码：524002）
开本：880 mm × 1 230 mm　1/32
印张：17.75　　字数：100 千
2021 年 1 月第 1 版　　2022 年 11 月第 3 次印刷
印数：13 001~16 000 册　　定价：82.00 元

作者像

译序

王家新

保罗·策兰（Paul Celan，1920—1970），20 世纪下半叶以来在世界范围内产生最重要、持久影响的德语犹太诗人。

策兰原名安切尔（Antschel），1920 年 11 月 23 日生于泽诺维茨（Czernowitz）。泽诺维茨原属奥匈帝国布考维纳（Bukowina）首府，是个有六百多年历史的以德奥和犹太文化为主要基础的文化名城。策兰出生两年前奥匈帝国瓦解，该城划归罗马尼亚，1940 年以后被并入苏联乌克兰共和国，改名为切尔诺夫策（Chernovtsy）。

策兰的父亲为木材经纪人，母亲曾在托儿所工作。策兰的父母都有着正统的犹太教哈西德教派[1]的背景，“这是一个每周都自

[1] 哈西德教派（Hassidic），为生活在东欧一带犹太人所信奉的正统的犹太教教派。

觉点亮安息日蜡烛的犹太家庭”。

策兰从小受到良好教育，最初上德语学校，后来转入希伯来语学校，也学罗马尼亚文，但他们在家里只说标准德语。在热爱德国语言和文学的母亲的影响下，策兰六岁时就会背诵席勒的诗，青年时期开始用德语写诗。这种对德国语言文化身份的认同，使他们后来对德国人施加于他们的一切都毫无准备。

1938 年 11 月策兰遵父母之命前往法国图尔读医学预科，次年夏天回乡探亲期间，因战争爆发，改在泽诺维茨大学读罗曼语文学。1940 年，根据《苏德互不侵犯条约》，布考维纳地区被并入苏联乌克兰共和国，这样，策兰又学起了俄语。1941 年 6 月，德国侵入苏联，成为德国轴心国的罗马尼亚的军队进入泽诺维茨，德国党卫军部队跟进，具有数百年历史的犹太教堂被焚毁，犹太人遭到大肆迫害。1942 年 6 月，德军进驻泽诺维茨，四万多名犹太人被强行驱逐到隔离区（后被分批押送到集中营），策兰显然有一种灾难的预感，6 月 27 日那天，他力劝父母和他一起躲到朋友为他找的一个藏身之地，但父母却是一种听天由命的态度。次日策兰回到家里时，父母已在纳粹的“夜间行动”中被带走。

接下来，策兰父母被押送到已被德国占领的乌克兰布格河东的米哈依洛夫卡（Michailowka）集中营。策兰自己被纳粹劳动营强征为苦力，在远离家乡的地方修筑公路和桥梁。就在当年秋冬，噩耗相继传来：先是策兰的父亲在集中营里死于斑疹伤寒，后是他的母亲因为丧失劳动能力被纳粹枪杀，据传脖颈被子弹洞穿。

这就是如奥斯维辛的幸存者、匈牙利犹太作家凯尔泰斯·伊姆莱（他也是策兰诗歌的译者）所说的那种“决定性事件”——一个让人不能逼视的黑洞，它决定了策兰的一生。

1944 年 2 月，劳动营解散，策兰回到故乡，但是，他已丧失了一切。世世代代生活在泽诺维茨的犹太人一大半惨遭屠杀，该城也被苏联乌克兰共和国重新接管。他的“冬天里的童话”“夏天里的童话”（他后来曾在诗中这样回忆他的故乡），成了一个“鬼魂之乡”“乌有之乡”，成了他在余生中时时会以“有些神经质的手指”痛苦摸索的“一幅童年用的地图”。（见策兰毕希纳奖获奖演说《子午线》）

因而策兰会告别故乡，于 1945 年 4 月前往罗马尼亚首都布加勒斯特谋生。在朋友的帮助下，他在一家出版社找到一份俄语翻译工作，并开始以“Celan”（这在拉丁文里有“隐藏”或“保密”的意思）亦即“策兰”作为他本人的名字。1946 年，他翻译的莱蒙托夫的《当代英雄》出版后受到欢迎。1947 年，他的《死亡探戈》（即《死亡赋格》）等德文诗作被译成罗马尼亚文发表，同时，他也将卡夫卡的《在法的门前》等作品译成了罗马尼亚文。但到了 1947 年 12 月，罗马尼亚国王被迫退位，新政权正式成立，幸存的犹太人和政治异己受到大肆迫害，策兰不得不再次选择了一条逃亡的艰辛道路，目标是维也纳——他自己“童年时代的北极星”。

而这种选择对策兰来说，还关涉到一个语言问题。德国纳粹杀害了他的父母，这使他从小就讲的德语成了“凶手的语言”。但是，他已别无选择。他已同这种语言长在了一起。他也只能用这种语言写诗并“说出他自己的真实”。这也就是他为什么会冒险偷渡到维也纳——一个可以讲德语但却不是德国人的地方。

在维也纳，策兰凭着他的德语和优异的诗歌才能，很快就认识了著名超现实主义画家埃德加·热内和其他一些诗人、艺术家。策兰很早就受到超现实主义的影响（他一生的创作也都带着这种艺术特征），在为热内的画册所写的《埃德加·热内与梦中之梦》中，他这样宣称：

> 我想我应该讲讲我从深海里听到的一些词，那里充满了沉默，但又有一些事情发生。我在现实的墙上和抗辩上打开一个缺口，面对着海镜……

这还是策兰第一次发表他的艺术观。他在维也纳受到了赞赏，不仅在杂志上发表了组诗《骨灰瓮之沙》，他的第一本诗集的出版也在筹划中（后来因印刷错误太多被策兰本人要求撤回，未再发行）。但对他来说更重要的，是认识了正在维也纳大学读哲学博士的敏感而富有文学天赋的英格褒·巴赫曼。这种相遇对策兰来说无疑是一种重要的生命激发，如他在写给巴赫曼的《花冠》一诗中所说，“是石头开花的时候了”。

但是，作为难民，策兰不能久留在盟军管制下的维也纳，他不得不走得更远——巴黎。巴黎，不仅是他热爱的波德莱尔、马拉美、阿波利奈尔、海涅、里尔克生活过的地方，还是他的舅舅生活并接待过他的地方（后来他舅舅作为法国犹太人被押送到奥斯维辛并死在那里）。1946 年在布加勒斯特，策兰就曾写有《法国之忆》一诗："和我一起回忆吧：巴黎的天空，硕大的秋水仙花……"

1948 年 7 月 5 日，策兰从维也纳登上了开往法国的列车。作为一个异乡人，策兰在巴黎度过最初艰难的几年后，于 1951 年 11 月认识了后来的妻子、法国版画家吉瑟勒（Gisèle de Lestrange）。吉瑟勒生于贵族之家，从小受到严格的天主教教育。纵然她的父母很难接受一位犹太人，但吉瑟勒不为偏见左右，一年后和策兰成婚。接下来，策兰有幸获得了著名的巴黎高师德语文学讲师教职。如果他用法语写诗，他会成为一位法国诗人。但是，命中注定他只能成为一个用流亡者的德语写诗的犹太诗人。

而德国也迎来了这样一位注定会改变其文学地图的诗人。1952 年 5 月，策兰在巴赫曼（那时她已成为一颗文学新星）的力荐下参加了西德四七社在尼恩多夫的文学年会。四七社为战后德国最重要、最有影响力的作家社团。在参加该年会后，策兰又应约在斯图加特出版了诗集《罂粟与记忆》，其诗歌天赋很快引起注意，尤其是《死亡赋格》一诗，在德语世界产生了人们未曾意料到的重大影响。正是这首具有强烈震撼力的力作，奠定了策兰在战后德语诗坛的重要位置。

《死亡赋格》之所以产生如此的影响，除了诗本身的思想艺术力量外，显然还在于诗背后的重大历史，亦即对犹太人的大屠杀。

这就是为什么这首诗引起了世界性关注的重要原因。它不仅在战后德语文学中具有标志性意义，多少年来它也一直伴随着人们对历史的哀悼、追问和反思。也正是在这个意义上，有人认为《死亡赋格》“是一首——也许可以说，是唯一的一首——世纪之诗”。[1]

但是我们又要看到，策兰的诗不仅是对“奥斯维辛”的反响。虽然他的一生都是犹太民族苦难的哀悼者和铭记者（在《数数杏仁》的最后，他甚至发出了“让我变苦 / 把我数进杏仁”这样的神圣誓约），但他拒绝让别人来“消费”他的痛苦，《死亡赋格》问世后的广泛反响，也引起了他自己的愧疚，并意识到自身创作中潜在的危险。就在《罂粟与记忆》出版后不久，他就曾写下了这样的诗句：“无论你搬起哪块石头——/ 你都会让那些 / 需要它保护的暴露出来”“无论你说出哪个词——/ 你都有欠于 / 毁灭”（《无论你搬起哪块石头》）。

这就是为什么策兰后来的创作会发生明显的，甚至令人惊愕的变化。在《死亡赋格》之后，他要求一种“更冷峻的、更事实的、更‘灰色’的语言”“不美化，也不促成‘诗意’”的写作［《对巴黎福林科尔书店问卷的回答》（1958 年）］，要求有更多的“黑暗”、“断裂”和“沉默”进入他的诗中。在《带上一把可变的钥匙》中，他要求自己变换言说的方式，在《在下面》一诗中他甚至这样说：“而我谈论的多余：堆积出小小的 / 水晶 ，在你沉默的服饰里。”

［1］ 沃夫冈·埃梅里希：《策兰传》，梁晶晶译，倾向出版社，2009，第 1 页。

这样的诗不仅显现了罕见的艺术深度，也给策兰的创作带来了一种新的开始。巴赫曼在1960年2月法兰克福的讲座中，就曾很敏感地谈到策兰创作的演变："词句卸下了它的每一层伪饰和遮掩，不再有词要转向旁的词，不再有词使旁的词迷醉。在令人痛心的转变之后，在对词和世界的关系进行了最严苛的考证之后，新的定义产生了。"[1]

巴赫曼之所以说"令人痛心"，因为这是要付出代价的，这甚至意味着某种决绝的自我否定。我曾探讨过策兰的"晚嘴"（"Spätmund"，见1955年《收葡萄者》一诗）一词，这显示了策兰作为一个诗人对自身创作高度自觉的历史定位。他的后期创作，就是一种在荷尔德林之后的，尤其是在"奥斯维辛"之后的"晚嘴"的言说——这在后来甚至演变成了某种更艰难的"喉头爆破音"。

在《罂粟与记忆》之后，策兰又出版了诗集《从门槛到门槛》（1955年）、《言语栅栏》（1959年）、译诗集《奥西普·曼德尔施塔姆诗选》（1959年）等，获得了不莱梅奖等多种德语文学奖，在德语世界产生了更广泛、深刻的影响。在1960年的一封信中，移居在瑞典的德语犹太女诗人奈莉·萨克斯就称策兰为"我们时代的荷尔德林"了。[2]

---

［1］转引自沃夫冈·埃梅里希《策兰传》，梁晶晶译，倾向出版社，2009，第108页。

［2］《保罗·策兰、奈莉·萨克斯通信集》（*Paul Celan. Nelly Sachs: Correspondence*, Tanslated by Christopher Clark, The Sheep Meadow Press, 1995, p24.）

但是，针对策兰的攻击也在升级，这正如策兰自己在收入《言语栅栏》中的《声音》一诗中所写：

一种来自绞刑架树的声音，
晚木和春木[1]在那里
变换和交换它们的年轮。

这就关涉人们所说的“戈尔事件”（Goll-Affäre）。策兰到巴黎一年后，认识了超现实主义前辈诗人伊凡·戈尔（1891—1950）。戈尔本人很看重策兰，他请策兰将他的诗译成德文，并在遗嘱中将策兰列为戈尔基金会的五位成员之一。但是，戈尔逝世后，戈尔的遗孀克莱尔对策兰的译文很不满，认为带有太多的策兰本人的印记，并阻止出版策兰的三卷本译作，这使他们的关系布下了阴影。策兰的《罂粟与记忆》1952 年在西德出版后引起广泛关注和高度评价，这在克莱尔那里引发了强烈嫉恨，从 1953 年 8 月起，她就把指控策兰“剽窃”的信件及相关“资料”不断寄给德、奥、英、法的众多作家、评论家、出版社、报纸杂志和电台编辑，她列举了一些策兰诗作与戈尔 1951 年出版的诗集中相似的句子和段落，但实际上，《罂粟与记忆》的绝大部分诗作均出自策兰 1948 年在维也纳出版的诗集《骨灰瓮之沙》（后因印刷错误太多被策兰本

[1] 晚木（Spätholz），指树木晚生的木质；春木（Fruehholz），为早生的木质。

人要求撤回，未再发行），而且策兰也将这本《骨灰瓮之沙》送给过戈尔本人。克莱尔的指控是很恶毒的，手法也很卑劣（比如她提前了戈尔一些诗的写作日期），目的是摧毁策兰的诗和人本身。[1]

这样，关于策兰"剽窃"的传闻不胫而走。更可怕的伤害还在后面：1960 年 3~4 月，慕尼黑一家新创办的诗刊以"爆猛料"的架势发表了克莱尔的信，并在编者按中声称拒绝"舔策兰先生的屁股"。这种"爆猛料"一时间取得了效应，几家西德报刊不加任何验证和辨别，就直接引用了这些诽谤性的东西。

对这种恶意攻击和诋毁，巴赫曼、恩岑斯贝尔格、瓦尔特·延斯等著名德语诗人、作家、批评家都曾撰文对策兰做了有力辩护，德国语言和文学学院、奥地利笔会都一致反驳对策兰的指控，正是在克莱尔的信公开发表后，德国语言和文学学院于 1960 年 4 月底开会，决定将该年度的毕希纳文学奖授予策兰。

但是，伤害已经造成。使策兰更难以承受的，是这种指控与在西德死灰复燃的新反犹浪潮的"同步性"。1957 年他在波恩大学朗诵时，反犹分子就曾在教室黑板上写下恶毒的标语。1959 年圣诞夜，科隆新建的犹太会堂被涂上纳粹标记和反犹标语，令世人震动。在这种氛围下，策兰视克莱尔等人的行径为反犹阴谋的一部分，而这并不能都归结为偏执多疑，克莱尔在其公开信中就称

[1] 罗马尼亚裔著名法国哲学家齐奥朗（Emil Cioran）在回忆策兰的文章中也称"某位诗人的遗孀出于文学上的嫉妒，在法国及德国发起了一场卑鄙得无法形容的攻击策兰的运动"。（Paul Celan: *Selections*, Edited by Pierre Joris, University of California Press, 2005, p208.）

策兰当年到巴黎后怎样给他们讲其父母被杀害的"悲惨传奇"，这真是一个恶毒的字眼，好像对犹太人的大屠杀是被编造出来似的！

在承受伤害的同时，策兰的反应也日趋极端了。虽然他本人并没有正式出面反驳对他的诋毁，一种深深的无力感，还有尊严，使他不屑于参与其中，但他却由此加重了大屠杀的幸存者们常见的那种被追逐妄想症。他本人曾试图与之达成和解的德国，也再次成了"一片恐怖的风景"。他也不得不重新打量这个世界。在给朋友沃尔曼的信中他这样说："此事根本不再是关于我和拙诗的问题，而是关系到我们全体尚能呼吸的空气。"在信的边缘他还这样写下："人所不愿见到者，终究是诗。然而诗还是有的，因为荒谬……"[1]

"然而诗还是有的"，因为这是一个一直顶着死亡的"逆光"写作的诗人。克尔凯郭尔曾言："至于我，年轻时便被赐予肉中刺。若非如此，早已平庸一生。"这种"肉中刺"对策兰来说，意义同样如此。在那些带着伤害生活的年月，策兰不仅要竭力"靠近我们的七支烛台，靠近我们的七朵玫瑰"（这是策兰在那时送给妻子吉瑟勒的曼德尔施塔姆译诗集上的题词），他的创造力也有了更令人惊异的激发。在自杀前的十年里，除了大量翻译的作品，策兰创作出版了诗集《无人玫瑰》（1963）、《换气》（1967）、《线太阳群》（1968）、组诗《转暗》（1968），此外还有三部生前编定的诗集《光之逼迫》《雪部》《时间家园》在1970年死后陆续出版。在

[1] 转引自李魁贤《德国文学散论》，三民书局，1994，第123～124页。

这些晚期诗歌里，策兰以罕见的艺术勇气，把他的创作推向了一个令人“震慑”的境地。意大利著名诗人安德烈·赞佐托就曾这样谈到策兰：“他把那些似乎不可能的事物描绘得如此真切，不仅是在奥斯维辛之后继续写诗，而且是在它的灰烬中写作，屈从于那绝对的湮灭以抵达到另一种诗歌。策兰以他的力量穿过这些葬身之地，其柔软和坚硬无人可以比拟。在他穿过这些不可能的障碍的途中，他所引起的炫目的发现对于20世纪后半期以来的诗歌是决定性的。”[1]

正是由于这样的创作，策兰置身在了20世纪后半期欧洲诗歌最核心、最重要的位置。我们首先来看《无人玫瑰》，这是策兰具有重要转折意义的一部诗集。1960年前后，因为“戈尔事件”的深重伤害和战后西德的反犹浪潮，策兰不得不重新思考和调整他与德语文学的关系。他“换气”的方式之一便是翻译俄罗斯犹太裔诗人曼德尔施塔姆。他不仅更多地转向对自身希伯来精神基因的发掘，他还要转向一个“朝向东方的、家乡的、反日耳曼的家园”（约翰·费尔斯蒂纳语），用他在向茨维塔耶娃致敬的《带着来自塔露萨的书》一诗中的一个词来说，他还要执意于成为德语诗歌的一个“偏词”。

“偏词”，就像策兰所杜撰的“晚词”（Spätwort）一样，策兰把“Neben”（在旁边的，邻近的，紧靠的，分支的，并行的，补

[1] Andrea Zanzotto: *For Paul Celan*, *Paul Celan: Selections*, Edited by Pierre Joris, University of California Press, 2005, p209.

充的）和“Wort”（词）拼在一起。策兰创造了这个复合词，不仅将语言陌生化了，也恰好和他在《带着来自塔露萨的书》诗前所引的茨维塔耶娃的“所有诗人都是犹太人”的精神完全贯通。

正是以《无人玫瑰》为标志，策兰开始摆脱了海德格尔为德语诗歌制订的以荷尔德林为中心的“主教路线”（这是诗人、剧作家布莱希特的一个讽刺性说法）。对此，著名作家库切在一篇论述策兰的文章中也看得很清楚：“他已从与里尔克和海德格尔的亲缘关系中成熟长大，在卡夫卡和曼德尔施塔姆那里找到他真正的精神先人。”[1]

因此，纵然策兰的晚期诗歌深邃、丰富而又难解，但我们仍可以从“晚词”和“偏词”这两个角度来读解其诗学意义。

我已多次谈论过策兰的“晚词”。可以说，策兰对现代诗歌最具有冲击力和启示意义的，便是他对“晚词”的实践。在策兰的后期，他坚决地从一切已被滥用的文学语言中转开（如约翰·费尔斯蒂纳所说“早年悲伤的‘竖琴’，让位于最低限度的词语”[2]），他不仅无所顾忌地利用德语的特性自造复合新词，还转而从陌生的“无机物”语言中去发掘。在他的后期诗作中，比比皆是地质学、矿物学、晶体学、天文学、解剖学、植物学、昆虫学的冷僻语言（据传记资料，在他生命的最后他还在看一本法文地质学书）。

---

[1] J. M. Coetzee: *In the Midst of Losses*, The New York Review of Books, July 5, 2001.

[2] John Felstiner: *Paul Celan: Poet, Survivor, Jew*,Yale University Press, 2001, p98.

似乎这些石头的语言，残骸的语言，灰烬的语言，对他来说就是奥斯维辛之后唯一“可吟唱的残余”（“Singbar Rest”，这是策兰一首后期诗的题目）。

而策兰这样做，如阿多诺所称，不仅以“晚词”“重构出从恐怖到沉默的轨道”[1]，其诗学意义也在于“给语言一副新的身体”（如德里达在谈策兰时所说[2]）。伽达默尔对此也看得很清楚，他这样描述策兰后期诗作：“这地形是词的地形……在那里，更深的地层裂开了它的外表。”[3]

正因为如此，策兰的诗会成为西方“后现代诗”包括“语言诗”的一个源头（移居美国的乌克兰诗人伊利亚·卡明斯基就称策兰创造了一个“策兰尼亚”（“Celania”）的语言国度）。不过，如果不能进入策兰诗歌黑暗的内核，人们从他那里学到的很可能就是些皮毛。

也可以说，策兰对“晚词”的实践与他的“晚期风格”密不可分。“晚期风格”本来是阿多诺在论贝多芬时提出的一个重要概念。在阿多诺看来，“晚期风格”有异于古典风格的圆满、和谐、成熟，它体现了一种“特殊的成熟性”，它首先是“危机的产物”，它始

[1] T. W. Adorno: *Aesthetic Theory*, Translated by C.Lenhardt, Edited by Routledge and Kegan Paul, 1984, p444.

[2] Jacques Derrida: *Sovereignties in Question, The Poetics of Paul Celan*, Edited by Thomas Dutoit and Outi Pasanen, Fordham University Press, 2005, p106.

[3] Hans-Georg Gadamer: *Gadamer on Celan: "Who am I and Who are you？"and other Essays*, Translated by Richard Heinemann and Bruce Krajewski, State University of New York Press, 1997, p115.

于一种“批判性的天才”，始于对“完成”的不满意。这样的“晚期风格”“本质上是批判性的”，它甚至是自我颠覆、断裂、解体的结果。

深受阿多诺影响的萨义德也曾专门论述过晚期风格，认为它是“一种放逐的形式”，是伟大的艺术家在他们的后来“生出（的）一种新的语法”。[1]它不是古典意义上的和谐，而是不妥协、紧张和“难以解决的矛盾”，在人们期盼平静和成熟时，却碰到了固执的，也许是野蛮的挑战。显然，策兰晚期的成熟，也正是这种“苦涩的”“扎嘴的”成熟，是阿多诺意义上的“灾难般”的成熟。[2]

与这样的“晚期”相关联，还有一个不能不谈到的“疯癫”问题。策兰后期由于精神重创，多次被强制送去接受精神治疗。但是我们看到，即使在“疯癫”时期，他的“喉头爆破音”依然在唱，甚至是他的创作更富有爆发力的时期。更让人惊异的是，即使在“赤裸裸展现身心失禁”之时，他写下的很多诗依然是“精确无误”的。我们不得不说，在这样的“晚期”里，策兰的很多诗已和德里达所说的那个“语言的幽灵”结合为了一体。

这是策兰的“晚词”和“晚期风格”。在策兰的后期，他还要以他的“偏词”从德语诗歌版图中偏离（在我看来，这不限于偏离海德格尔式的“主教路线”，还有马拉美以来的那个“纯诗”传统，

[1] 艾德华·萨依德：《论晚期风格——反常合道的音乐与文学》，彭淮栋译，麦田出版社，2010，第49页。

[2] 阿多诺：“在艺术史上，晚期作品是灾难。”阿多诺：《贝多芬：阿多诺的音乐哲学》，彭淮栋译，联经出版事业股份有限公司，2009，第229页。

策兰曾告诉一个朋友，他把瓦雷里的长诗《年轻的命运女神》翻译出来，就是为了获得“批判这种艺术的权利”[1]）。正因为要摆脱西方人文美学的“同一性”和“主宰语法”，策兰后来的创作会朝向“人类之外”，朝向“未来北方的河流”，朝向一个语言的异乡。“人类之外 / 那里依然有歌 / 在唱”（《线太阳群》），这里的“人类之外”，在彼埃尔·乔瑞斯看来，就是“在传统的人文主义美学的范畴之外”。策兰是决绝和有勇气的，他那首献给曼德尔施塔姆的哀歌《西伯利亚》，通篇皆是由地质学、矿物学的语言构成的“史前般”的意象。诗人要去辨认的，是“早先的星座”，是“乌鸦之天鹅”这样一种奇异的造物；而在“那千年——/ 色泽之岩石”中，“我也 / 露出铜绿 / 从我的唇上”。更为惊人的，是该诗的结尾：“那里，我躺下并向你说话，/ 以剥去皮的 / 手指。”

这是怎样的一种诗？恐怕连兰波、马拉美都难以想象了。

从艺术上看，这样的诗本身就是一种“去人类化”的产物。“去人类化”或“去人类性”为西班牙美学理论家加塞特在《艺术的去人性化》中提出的一个重要概念，它意味着对西方人文美学传统的摆脱。高度推崇策兰的乔治·斯坦纳也认为在一切伟大艺术中都包含了某种“去人类化”的“奥秘”，“它引领我们回到我们未曾到过的家”[2]。

---

[1] Pierre Joris: *Introduction, Paul Celan: Selections*, Edited by Pierre Joris, University of California Press, 2005, p17.

[2]《斯坦纳回忆录：审视后的生命》，李根芳译，浙江大学出版社，2012，第90页。

正因为如此，德里达称策兰创造了一种“移居语言”（migrant language）。这还使我想到了德勒兹和伽塔利所说的“解辖域化”。在他们看来，卡夫卡将德语带入了意第绪语的空间，就是一种“解辖域化”。比起卡夫卡，策兰的创作更是如此。他所运用的，是一种“非身份化的德语”，一种“德语之外的德语”。他的诗歌语言，是一种“偏词”，是一种“混合诗韵”。最后这一切，正如乔瑞斯所说：“他创造了他自己的语言——一种处于绝对流亡的语言，正如他自身的命运。”[1]

对此，我们不妨再来看两个例证。且不说像《西伯利亚》这样的充满了“无机物”的新鲜语言和惊人意象的诗，在策兰那些因“戈尔事件”而写下的充满激愤的诗中，也显现了因深重伤害所激发的惊人的语言创造力。在这些诗中，他真如德勒兹所说的那样“将语言拽出惯常的路径，令它开始发狂”。[2]如《一首骗子和小偷的小曲……》中的“塔木德树”（它由犹太教法典《塔木德》和“树”合并而成），和那一声怪怪的“嗨–呀”。再比如《呼喝开花》中的“刑庭–诗人”，原文为“Feme-Poeten”，它其实为一个双关语，是奇妙的“雌雄同株”：“Feme”在德语中指诸侯时代王室法庭和私设的刑庭，但这里的“Feme”又会让人马上想到英语中的女性，这显然指向了那个恶毒的克莱尔（克莱尔也以诗人自居，

---

[1] Pierre Joris: *Introduction, Paul Celan: Breathturn*, Translated by Pierre Joris, Sun and Moon Press, 1995, p43.

[2] 吉尔·德勒兹：《批评与临床》，刘云虹、曹丹红译，南京大学出版社，2012，第212页。

和丈夫伊凡·戈尔多有合作)。而该诗的诗题“Huhediblu”(诗中也出现有“hühendiblüh”),其实也是策兰杜撰的词,它带着嘲弄的语气和某种接近于“开花”的含义,诗中也多处写到“开花”,且译为“呼喝开花”(这样译时,我甚至联想到中国古代官吏出行时“呼喝开路”一说)。

像策兰这样的充满了“语言癫狂”的诗,妙就妙在它无法翻译和难以翻译。它是策兰“在现实的墙上和抗辩上打开(的)一个缺口”,也是他对海德格尔式的“主教路线”的逃离。正如德勒兹所言,这样的语言创造“并非另一种语言,也不是重新发现的方言,而是语言的生成他者(devenir autre)……是占优势的谵妄,是逃离支配体系的魔线”。[1]

的确,在20世纪下半叶的诗人中,有谁比策兰更有艺术勇气和语言的颠覆力和创造力,或者说比他更“极端”的呢?几乎没有。我们说策兰是一位突入现代诗歌最核心地带的诗人,这不仅在于他的创作深刻体现了时代“内在的绞痛”,也因为他这种卓绝的语言和诗学实践。

这也就是为什么有那么多当代诗人(包括中国诗人)会为策兰的诗所吸引的重要原因。在斯坦纳看来,斯蒂文斯的诗纵然高超玄妙,但那仍是从“阿波罗的(理性)竖琴”上发出的声音,但在策兰那里,他们遇到了一种真正的“外语”,一种真正属于异质

[1] 吉尔·德勒兹:《批评与临床》,刘云虹、曹丹红译,南京大学出版社,2012,第10~11页。

性的东西。或者说，策兰的诗，无论我们怎样去读，它都属于“语言的异乡”。很可能，这就是策兰最独特的意义所在。

当然，我们还可以从其他角度来看策兰。策兰经常在诗中写到“手”，在致汉斯·本德尔的信中也称“只有真实的手写真实的诗”。策兰自己的全部创作也证实了，他的写诗的手是一只痛苦的手，也是一只一直在寻求着真实的手（在他离世一年多前给儿子的信中，他也这样说：“也想想诗歌，想一想那种总是在寻求真实的诗歌，我将帮你去发现它。”）同时，这只写诗的手又是一只炼金者之手（“沉默，如熬炼过的金子，在 / 炭化了的 / 手中”，《炼金术》），是一只精通现代诗歌的技艺而又充满了高度独创性的“创造之手”。

而让我本人深受感动的，这更是一只自始至终以“被践踏的草茎”（《带着来自塔露萨的书》）来写诗的手。我想，这也是策兰自己从他悲惨死去的母亲那里领受到的神圣嘱托，他要以被死亡和暴力所践踏的“草茎”写诗，要使那些受害者、沉默者和牺牲者通过他发出声音。别的不说，我们来看策兰的长诗《港口》。这首诗以乌克兰黑海城市敖德萨为背景，1941 年 10 月，大批犹太人在那里被屠杀，但这首诗写到最后，竟出现了这样的诗句：

——那时汲井的铰链，和你一起
哗哗在唱，不再是
内陆的合唱队——

那些灯标船也舞蹈而来了，

从远方，从敖德萨。

这真是一首动人的招魂歌。它不仅具有追忆、哀悼、复活的多重色调。这是苦难中的庆典，穿透了生与死。说实话，当年我翻译到这里时，几近泪涌。

正因为如此，策兰在很多人心目中有了一个远远超出一般诗人的位置。我曾访问过柏林著名的犹太博物馆（由犹太建筑师丹尼尔·里柏斯金设计），它的黄颜色老馆与外表为银灰色锌皮的新建筑体，马上就让我想起《死亡赋格》："你的金色头发玛格丽特/你的灰烬头发苏拉米斯"。这是有意设计的吗？肯定。在新馆后面，就专门设有"保罗·策兰庭院"。我想，这比任何国家的"先贤祠"更能显示一个诗人在一个苦难民族心目中神圣而不可冒犯的位置。

现在，让我们回到诗人生命最后的日子：1969 年 9 月底至 10 月中，策兰第一次访问了以色列。对策兰来说，耶路撒冷之行是朝圣之旅，带有精神回归的性质。策兰与早年故乡的女友伊拉娜·施穆黎（Ilana Schmueli）的重逢，也再次激发了他的创作激情，使他在命运把他夺走之前，用他的"孩子气的希伯来语"（伊拉娜·施穆黎语[1]）发出了"Hachnissini"（"收留我"）的声音（《结成杏仁

[1]《保罗·策兰、伊拉娜·施穆黎通信集》（*The Correspondence of Paul Celan and Ilana Shmueli*, Tanslated by Susan H.Gillespie, The Sheep Meadow Press, 2010.）

的你》)。

当然，策兰的耶路撒冷之诗不仅富有激情，也显现了那些酷热的沙子之夜对一个诗人的全部“索取”(见《我们，就像喜沙草》)。

回到巴黎后，策兰的精神病症再次加重，被迫进行治疗。1970年4月19日深夜，策兰因无法克服的精神创伤在巴黎米拉波桥上投塞纳河自尽。

这消息当然令人震惊，但又必然：他不过是一再推迟它的到来。乔瑞斯也谈到这一点：“策兰认为他自己在大屠杀之后的生活只是一种不恰当的补充(supplement)，他母亲的死似乎才更接近于真实。”因而策兰的“孤儿意识”和死亡意识都是绝对的。作为一个“幸存者”，一个生命仅仅是死亡的补充的人，对策兰来说，那就是“作为一个应该死去的人”。[1]

的确，在奥斯维辛之后，一切都被“死亡大师”所收割，而“戈尔事件”所带来的深重伤害，也加速毁坏了他的生活。所以策兰后期的全部写作，现在看来，都无非是在深重危机中与死亡的搏斗：诗人已勉力坚持到了他生命的最后。用巴赫曼的话来说：“他已经在强迫运送的途中淹死。”这里的“强迫运送”，指的就是对犹太人的“最后解决”。巴赫曼完全有理由这样认为。

但策兰的生与死、策兰的悲剧性命运、策兰的那些谜一样的

---

[1] Pierre Joris: *Introduction, Paul Celan: Selections*, Edited by Pierre Joris, University of California Press, 2005, p22 ~ 23, p30.

诗，都还有待于我们更充分地去认识。读了他的诗，了解了他那作为“幸存者、犹太人、诗人”的一生，我们也可以认为：他可以在米拉波桥上那样“展翅”了。他的全部创作已达到了语言所能承受的极限，他的创伤也变得羽翼丰满了。他结束了自己，但也在更忠实的程度上完成了自己。

“那是春天，树木飞向它们的鸟”（《逆光》[1]）—— 现在，我也简单谈谈我的翻译过程。自 1991 年秋与策兰第一次相遇，我在这条艰辛而又充满激励的路上已走了近三十年了。

那时在中国，策兰的诗只有二三首被译成中文，也几乎无人提到策兰的名字（在这之前最有影响的只是荷尔德林和里尔克），但我读到一本企鹅版策兰诗选（英译者为米歇尔·汉伯格）后，便完全被他的诗和命运吸引住了。当然，这和我们那时所经历的一场历史重创也深刻有关。我读到这样令我震动的诗句：“你曾是我的死亡：/ 你，我可以握住 / 当一切从我这里失去的时候。”还有：

那是一个
把我们抛掷在一起
使我们相互惊恐的

[1] 保罗·策兰：《保罗·策兰诗文选》，王家新、芮虎译，河北教育出版社，2002，第 162 页。

巨石世界，太阳般遥远
哼着。

我深感惊异。从此这样的诗日夜都在我的头脑里“哼着”。于是我从中译了三十余首，给朋友们看了，受到称赞，但我并没有公开发表这些译作的念头（除了在当时的民刊上刊出）。我只是深感庆幸，感到我终于找到了一位可以用我的一生来读的诗人。1991年冬，在去国前夕，我还写了一篇译后记：“我深感自己笔力不达，但是，当我全身心进入并蒙受诗人所创造的黑暗时，我渐渐感到了从死者那里递过来的灯。”[1]

正是这些“从黑暗中递过来的灯”，照亮了我此后在异国他乡的日子。1993 年在伦敦期间，我还曾就《带上一把可变的钥匙》一诗写过文章，策兰对苦难内心和语言内核的抵达，那种从词语间显现的“痛苦的精确性”，都给了我以更内在的和持久的撼动。

就像“不肯愈合”的伤口，策兰是一位读了就不能放下的诗人。这就像诗人多多有一次对我讲的：是你在翻译策兰吗？不，是他在要求你翻译他！因此，1997 年秋至 1998 年春我在德国斯图加特“孤堡学院”（Akademie Schloss Solitude）做驻留作家期间，我又开始了翻译策兰。

那时我主要翻译了策兰的长诗《紧缩》和几十首短诗。除了

[1] 该译后记发表于《诗林》1992 年第 2 期。

汉伯格的译本外，我又有了彼埃尔·乔瑞斯所译的策兰的《换气》。策兰生前曾说这是他迄今写下的最有诗意、同时也是最难理解的一部诗集。的确，很难理解，我在那时的翻译，恰如策兰自己的诗句所说："我们交换黑暗的词"（《花冠》），但这又的确是"最有诗意"的一部诗集。该诗集的开篇即是"你可以充满信心地 / 用雪来款待我"（《你可以》），多好啊！

那时我还写下了一篇介绍策兰生平和创作的文章《从黑暗中递过来的灯》（后来经修订作了《保罗·策兰诗文选》序文）。正因为这些译作和介绍文章，策兰的诗渐渐受到更多中国诗人和读者的关注。2001 年春夏，出版策划人楚尘先生到北京找到我，提出要出版策兰诗选，我同意了（我本来并没有出版的想法，因为我还想对这些译文再"磨一磨"并尽量多译一些）。

因为我的翻译主要依据的是英译，为了更接近原文，再次访德期间，我请我在斯图加特认识的移居德国多年的芮虎先生依据德文原诗对我的一些译作进行校勘，并请他直接从德文译出一些策兰的散文和获奖演说。2002 年 7 月，我们翻译的《保罗·策兰诗文选》由河北教育出版社正式出版，收有 103 首诗和策兰最主要的散文、获奖演说辞和书信。

这是策兰第一部译成中文的作品集。从各方面看，它出版后受到了很大关注和欢迎，5000 册很快全部售完。对此我也感到惊讶，怎么会呢？但后来当我看到许多读者在网上谈论策兰，许多很优秀的诗人（比如多多）告诉我他们把这本策兰诗文选读了无数遍，甚至还有一些诗人写诗献给策兰，我也明白了：继荷尔德林和里尔克之后，策兰对中国诗人的写作也开始产生实质性的影响了。

只是我知道这部译作的出版过于仓促，所收录的译作也不够全面。因此，2007 年秋冬，我在美国纽约州柯尔盖特大学做驻校诗人期间，我又陆续购买了策兰《雪部》的英译本、美国斯坦福大学教授约翰·费尔斯蒂纳的《策兰评传》和他编译的《策兰诗文选》等。在纽约州上部的那一场场大雪中，我重又回到策兰这里来了。

2008 年回国后，我也一直没有放下这种阅读和翻译。我又请朋友从美国带回了策兰诗歌的其他英译本和《伽达默尔论策兰》的英译本以及一部策兰研究文集，并从首都图书馆复印了德里达关于策兰的讲演和访谈录的英译本、策兰生前的朋友彼特·斯丛迪的《策兰研究》的英译本等等。我也由此给自己定下了一个更高的标准，那就是把翻译建立在研究的基础上。约翰·费尔斯蒂纳的策兰评传对我全面了解策兰有很大帮助，德里达、伽达默尔等人关于策兰的论述和解读对我也很有触动和启发。伽达默尔解读的 21 首策兰诗作，大部分我已译过，正是借助于他精深的解读，我对这些译文又进行了修订。

这一切，也加重了我作为一个策兰译者的责任感。2009 年 2 月，我的策兰翻译计划再次得到了德国“孤堡学院”艺术基金会的支持，我又到那里住了一个月。在德国期间，我请芮虎先生对我新译的一些诗作进行了校勘。此外，在德国新出版的巴赫曼与策兰的通信集也为我们提供了大量重要资料。正是在这期间，我们决定着手翻译这部重要的通信集，经过数年努力，它得以在中国出版并受到广泛关注。[1]

而在这之后，除了新译并修订已译出的策兰诗作，[2]我主要从事对策兰的研究和解读，写有《雪的款待：策兰诗歌解读》《阿多诺与策兰晚期诗歌》《也谈策兰与“诗歌的终结”》《在你的晚脸前》《喉头爆破音：英美诗人对策兰的翻译》《从“晚期风格”往回看：保罗·策兰对莎士比亚十四行的翻译》等十多篇研究文章，近期还完成了一本策兰诗歌解读方面的书。

就这样，阅读、翻译和研究策兰，于我已近三十个年头，而2020年，就是诗人逝世五十周年和一百周年诞辰的年头。编选这部带有纪念性质的策兰诗选，对我个人来说则带有某种总结的意味。我从已译有的380多首诗中选出了近360首诗，并参照德文原诗和不同英译本及研究资料对它们进行了逐一的修订。我有某种如释重负之感。不过，能“了断”吗？恐怕不能，我甚至由此还想起了策兰生命最后阶段的诗句：“结成杏仁的你，只说一半，/依然因抽芽而颤抖。”（《结成杏仁的你》）

---

[1]《心的岁月：巴赫曼、策兰书信集》，芮虎、王家新译，中国人民大学出版社，2013。

[2] 这些译作曾分别发表于2009年前后的《世界文学》《诗林》《当代国际诗坛》《延河》《诗江南》《中西诗歌》《诗建设》等刊。此外，一小本内部印行的《保罗·策兰后期诗选》（保罗·策兰逝世四十周年纪念专号，王家新译，《星星》诗刊“诗歌EMS”总第60期，2010），也选入了51首新译。

是的，“依然因抽芽而颤抖”。这部诗选是多年来心血投入和反复打磨的产物，但我不能说它就此终结了我对策兰的阅读和研究。这里，我也要再次感谢芮虎先生和其他朋友的大力帮助，感谢众多诗人和读者多年来的激励和期待。一位诗人曾运用策兰《带着来自塔露萨的书》中的一个隐喻来评价我的翻译：“作为一个诗人译者，他在一种最深刻的生命辨认中侧身而行，并以他精确而又富有创造性的翻译，让我们在汉语世界里听到了“那船夫的嚓嚓回声……”[1]这一切也加重了我作为一个译者的责任感。我力求把翻译建立在一个深刻和可靠的基础上，力求在“忠实”、“准确”和“创造性”之间保持一种张力，力求使这些译文能经得起多方面的严格考量。纵然如此，我只能说我译出的是“我心目中的策兰”。我也一再深切地感到了我作为一个译者的局限。

行文至此，我也愿在这里引出一首策兰以科隆的犹太人被屠杀的事件为背景的《在踩踏的》一诗。它是策兰对苦难历史的转化，有一种奇异的带着疼痛的再生感，而它也正可以用来作为这么多年来我翻译策兰的写照。的确，我们经历了太多太深的“词的黑暗”，也经历了无数的障碍、挫折和翻译的磨难，但现在，是到了“绽开——/气孔眼睛，/蜕去疼痛的鳞，在/马背上”的时候了。

是的，翻译也是策兰常写到的命定的牺牲、献祭和复活，而

[1]《王家新诗歌研究评论文集》，张桃洲编选，东方出版中心，2017，第419页。

策兰的创伤至今也仍内在于我们的身体。在策兰晚期那首《以歌的桅杆驶向大地》的诗里（伽达默尔曾这样解读它："它从一开始就转变成另外一种事故。它是天国里的船只失事。"而这意味着"所有希望的粉碎"），在经历了致命的历史重创之后，诗人转而要"进入这支木头歌里"，并用牙齿"紧紧咬住"。诗人最后对自己说的是："你是那系紧歌声的 / 三角旗。"这是怎样的一位诗人！他要系紧的"歌声"，我们在今天还要尽我们全部的生命去系。

2019.12

保罗·策兰诗选

目 录

《从门槛到门槛》

（*Von Schwelle zu Schwelle*，1955）

《言语栅栏》

（*Sprachgitter*，1959）

《无人玫瑰》
（*Die Niemandsrose*，1963）

《换气》

（*Atemwende*，1967）

《线太阳群》
（*Fadensonnen*，1968）

组诗《转暗》

(*Eingedunkelt*，1968)

《光之逼迫》
（*Lichtzwang*，1970）

《时间家园》

（*Zeitgehoeft*，1976）

附录：策兰文选、书信选

早期诗集《骨灰瓮之沙》

（*Der Sand aus den Urnen*，1948）[1]

[1] 策兰的早期诗集《骨灰瓮之沙》1948 年在维也纳出版，但是因印刷错误太多等问题，被已从维也纳移居到巴黎的策兰本人要求撤回和销毁，未能正式发行。该诗集中的大部分作品后来被策兰编入 1952 年在西德正式出版的诗集《罂粟与记忆》中。

孤独者

比起鸽子，比起桑树，
秋天更爱我。它赠我一片面纱。
“用它做梦吧”，边说还边刺绣。
并且：“上帝像秃鹫的爪子一样近。”

但是我拥有另一件披风，
比这件更粗糙，且不带花边。
碰到它，雪就落在黑莓丛里。
挥动它，你会听到老鹰在叫。

九月花冠[1]

啄木鸟从树枝上啄出怜悯的时间：
而我用油浇灌着白蜡树、山毛榉和菩提树。
云雾游移，装饰我的破旧衣服，
然后挥舞银斧，风中有绽开的星辰。

锦缎般的彤云使东方的天际显得沉重：
你可爱的名字，是秋天精心编织的鲁内文[2]。
啊，我用此世的韧树皮将心绑在天国的葡萄藤上，
并且在起风时哭泣，为了你无悔地歌唱？

阳光中的头颅滚下来，滚向我：
在坎坷不平的路上，传来治愈的时光。
最后的金子也如此，虽然不是我的，但却友善。
那雨织的面纱为你撩起，如同为我一样。

---

[1] 郭歌参与了该诗的初译。
[2] 鲁内文，日耳曼族最古老的文字，也喻指神秘的符号。

催眠曲

远处，越过这黑暗的田野，
我的星辰让我在你漫游的血液里上升。
越过这些我们经历的疼痛，
猜猜，什么在暮色里慢慢安静。

亲爱的，将怎样把你放在床上轻晃，
以使他给这灵魂的摇篮曲加冕？
在梦和爱人的安歇处，从来
没有谁如此奇妙地给寂静谱曲。

现在，如果睫毛挡住了时间，
生命就因此给予了黑暗。
亲爱的，合上你发亮的眼睛。
你闪光的嘴唇是我的整个生命。

（芮虎 校）

黑暗

寂静的瓮空了。

在树枝中
无言之歌的闷热
窒息发黑。

迟钝的时钟
搜索陌生的时间。

一种翅翼拍打的旋转。

为了心中的猫头鹰
死亡拉拽。
不忠落入你的眼里——

我的影子与你的尖叫斗争——

夜尽后东方的烟缕……
唯有死亡
闪光。

墓侧

妈妈，你是否还认识南布格[1]的河水，
那波浪，曾经拍打你的创伤？

是否还记得那片带磨坊的荒野，
你的心，是多么柔顺地向天使屈从？！

在那里怎能没有一些杨树或是柳条
给你些许安慰，分担你的忧伤？

神是不是还带着他的开花手杖
在山坡上时而攀登，时而消隐？

而你是否还能忍受，妈妈，如从前一样，
那轻盈的，德语的，痛苦的诗韵？[2]

---

[1] 布格河，位于乌克兰西部。1942 年 6～7 月期间，策兰父母和大批犹太人从家乡切诺维茨被押送到已被德国占领的布格河畔的米哈依洛夫卡集中营，并相继在那里悲惨死去。

[2] 策兰的母亲热爱德国语言和文学，在策兰很小时就教他背诵席勒等人的诗。策兰这句诗也经常被人引用，用以谈论他与德语的痛苦关系。

黑色雪片[1]

雪落下，黯然无光。一个或是两个
月亮过去了，自从秋天披上修道士的头巾
给我带来讯息，一片叶子从乌克兰斜坡上落下：

“记住，这里也是冬天，千百次
在这有着最壮阔的激流奔涌的土地上：
雅各[2]神圣的血，被斧头祝佑……
哦，非尘世红的冰——他们的哥萨克首领[3]
率部进入变黑的太阳……哦一块血布，孩子，
当那些战盔闪射我用它遮住自己，
当玫瑰色的浮冰裂开，当飘雪筛着
你父亲的骨灰，马蹄踢出
雪松之歌[4]……
一片襁褓布，一片又窄又小的布，我留在了
身边，现在你知道了哭泣，哦痛苦，
我的孩子，这世界永远不会为你的孩子变绿！”

---

[1] 该诗写于 1944 年 7 月之后，可能为策兰闻知父母的死讯后所写，或是出自忧虑中的不祥预感。

[2] 雅各，犹太人十二支派的父亲。

[3] 这里指 1648 年间占领波兰和乌克兰部分地区的哥萨克首领，曾屠杀当地的犹太人。

[4] 19 世纪末犹太歌集中的一支歌。

秋天流着血去了，母亲，冰雪灼烧着我：

我找出我哭泣的心，我发现——哦夏天的呼吸，

它就像是你。

而我的泪涌出。我编织着这块布。[1]

（芮虎 校）

[1] 因为《黑色雪片》中的这种“编织”，埃梅里希在《策兰传》中这样说：“大屠杀之后，只有由此织出的织物，只有源自这一‘基础’的文本结构，才具有合法的身份；一切立足于哀悼，立足于眼泪之源，这是1945年后的文学创作无法逾越的前提。”（沃夫冈·埃梅里希：《策兰传》，梁晶晶译，倾向出版社，2009。）

《罂粟与记忆》

(*Mohn und Gedächtnis*，1952)[1]

[1]《罂粟与记忆》为策兰于 1952 年在西德正式出版的第一部诗集。诗集名出自策兰写给巴赫曼的《花冠》一诗："我们互爱如罂粟和记忆。"“罂粟和记忆”，这是策兰前期创作中两种最主要的对位性元素。罂粟是一种“有毒的花”，从中可以提炼鸦片，而鸦片是一种忘却、麻醉、镇痛的物质，犹太人也想忘却历史，因为他们不想被奥斯维辛的可怕幽灵纠缠，所以罂粟会成为策兰诗中重要的意象（在维也纳期间策兰送给巴赫曼生日的花也是这种花）。但是，忘却是不可能的，被策兰特意编在这部诗集最后的《数数杏仁》就是一个标志，它标志着诗人对民族苦难记忆的忠实和对自身身份的认定，从诗一开始的“数数杏仁”，到最后两句“让我变苦 / 把我数进杏仁”，这首诗成了一个神圣誓约。

《罂粟与记忆》在斯图加特出版后，很快引起诗坛注意，尤其是在该诗集中居中单独排列、占据核心位置的《死亡赋格》一诗，在德语世界产生了人们未曾意料到的广泛影响。它不仅在当时具有重大的时代意义和强烈的冲击力，在今天看来，正如美国诗人罗伯特 · 哈斯所说，它也是“20 世纪最不可磨灭的一首诗”。

水晶

不要在我的唇上找你的嘴，
不要在门前等陌生人，
不要在眼里觅泪水。

七个夜晚更高了红色朝向红色，
七颗心脏更深了手在敲击大门，
七朵玫瑰更迟了夜晚泼溅着泉水。

我是第一个喝蓝色的人

我是第一个喝蓝色的人，它仍在寻找它的眼睛。
我从你的足迹喝并且看见：
你把我卷过手指，珍珠，而你生长！
你生长，像这所有的遗忘。
你卷过：这黑色的悲痛之冰雹
掉进一张变白的围巾，因那告别的挥动。

旅伴

你母亲的灵魂逡巡在前。
你母亲的灵魂在夜里为你导航，暗礁连着暗礁。
你母亲的灵魂在船头为你鞭打鲨鱼。

这个词是你母亲的监护。
你母亲的监护分享着你的床铺，石头挨着石头。
你母亲的监护屈身于光的碎屑。

岁月，从你到我

你的头发再度飘动当我哭泣。随着你
　　眼中的蓝色
你用我们的爱摆出餐桌：一张床从夏到秋。
我们喝着某人既非你我也不是
　　一个第三者酿造的什么：
我们摊开一个空洞和仅有。

我们从深海之镜里观看我们自己并
　　迅速地把食物递给对方：
当夜是夜，它和早上一起开始，
挨着你它把我安顿下来。

眼睛

眼睛：

随着倾盆的雨一起闪光

当上帝命令我喝。

眼睛：

黄金被夜晚点数着进入我的手掌

当我采摘荨麻

并铲去谚语的阴影。

眼睛：

黄昏在我的上空点燃，当我破门而入

用我鬓角的冰越冬

并疾驰穿过永恒的小村庄。

你的手

你的手充满时间，你走向我——而我说：
你的头发并非褐色。
于是你把它轻轻举在悲哀的天平上：它
重过了我……

他们上船走向你将它掠走，然后
放在欲望的市场出售——
你从深处对我微笑，我从光亮的贝壳里向你哭泣。
我哭：你的头发并非褐色，他们从海里
提供咸水而你赠予他们鬈发……
你低语：他们正以我填充世界，而我为你
在心里留出一条空出的路！
你说：放下岁月的叶簇在你身边——是更亲密地
贴近并吻我的时候了！

岁月的叶簇是褐色的，而你的头发
并非如此。

法国之忆 [1]

和我一起回忆吧：巴黎的天空，硕大的
　　秋水仙花……
我们从卖花姑娘的小摊上买心：
它们曾是湛蓝的，并在水上绽开。
开始下雨了在我们的房间里，
而我们的邻居，莱松先生，一个瘦小的
　　男人进来。
我们玩牌，我输掉了眼睛，
你借给我头发，也跟着输掉，他打垮了我们。
他穿门离去，雨追着他。
我们死去，且能够呼吸。

---

[1] 该诗约于1946年写于布加勒斯特，是策兰对他1938年间在法国短期留学生活的回忆。诗中的“莱松先生”，原文为法语“Monsieur Le Songe”，有“梦先生”的意思。

白杨树

白杨树，你的银色枝叶闪耀成黑色。
我母亲的头发从来不会变白。

蒲公英，绿茵茵的乌克兰。
我的金发母亲没有回到家里来。

含雨的云，是你在井口的上方徘徊?
我的母亲在轻声哭，为每一个人。

圆星，你环绕着金色的飘带。
我母亲的心脏被铅弹撕裂。

橡木门，是谁把你从门框中卸下?
我温柔的母亲再也不能归来。

花冠[1]

秋天从我手里吃它的叶子：我们是朋友。
从坚果里我们剥出时间并教它如何行走：
于是时间回到壳里。

在镜中是礼拜日，
在梦里被催眠，
嘴说出真实。

我的眼移落在我爱人的性上：
我们互看，
我们交换黑暗的词，
我们互爱如罂粟和记忆，
我们睡去像酒在贝壳里，
像海，在月亮的血的光线中。

我们在窗边拥抱，人们在街上望我们：
是时候了他们知道！

---

[1]《花冠》为策兰写给巴赫曼的一首诗。巴赫曼在给策兰的回信中说："我常常在想，《花冠》是你最美的诗，是对一个瞬间的完美再现，那里的一切都将成为大理石，直到永远。"（《心的岁月：策兰、巴赫曼书信集》，芮虎、王家新译，中国人民大学出版社，2013。）

是石头到了开花的时候，
是不安的心脏跳动，
是时候成为时候的时候。

是时候了。

（芮虎 校）

在埃及[1]

你应对异乡女人的眼睛说：成为水。[2]

你应知道水里的那些，在异乡人眼里寻找。

你应从水里把她们召唤出来：露特！诺埃米！米瑞安！

你应装扮她们，当你和异乡人躺在一起。

你应以异乡人的云发装扮她们。

你应对露特、米瑞安和诺埃米说话：

看哪，[3]我和她睡觉！

你应以最美的东西装扮依偎着你的异乡女人。

你应以对露特、米瑞安和诺埃米的悲哀来装扮她。

你应对异乡人说：

看哪，我和她们睡过觉！

（芮虎 校）

---

［1］为策兰写给巴赫曼的一首诗。诗题“在埃及”喻示着犹太人的流亡，据《旧约》记载，犹太人曾在埃及为奴，后来在摩西的带领下出了埃及。诗中三位女子的名字，都是犹太女子常起的名字，其中露特为策兰早年家乡的女友，曾帮助策兰躲避纳粹迫害。米瑞安（也译为“米利暗”）为摩西妹妹的名字。在收到策兰这首诗后，巴赫曼曾以“米瑞安”为题写了首诗，其中有“触摸每一石像，并行奇迹 / 让石头也泪水长流”的诗句。

［2］“水”是生命之水、爱欲之水，但也是忘川之水。诗人试图在过去与现在之间保持平衡，在与“异乡人”相爱的同时保持对死者和记忆的忠诚。

［3］正因为这无法摆脱的重负，诗中连续发出了两个“看哪”，辛辣而又震动人心。

一个阴影中的女士之歌

当那个沉默的人前来修剪郁金香，
谁赢了？
　　谁输了？
　　　　谁走到窗前？
谁第一个说出她的名字？

那是一个戴着我的头发的人。
他戴着它像一个人的手上托着鬼魂。
他戴着它像天空戴起我的头发在我恋爱那年。
他戴着它，像是出于虚荣。

那个人赢了。
　　那个人没有输。
　　　　那个人没有走到窗前。
那个人没有说出她的名字。

那是一个拥有我眼睛的人。
自从门被关上那天他就拥有它们。
他戴着它们就像在手上戴着戒指。
他戴着它们就像戴着宝石和欲望的碎片：

自从秋天以来他成为我的兄弟；
他数着日与夜。

那个人赢了。
　　那个人没有输。
　　　　那个人没有走到窗前。
那个人最后说出她的名字。

那是一个拥有我说出的词语的人。
他携带着它就像在手臂下夹着一个包袱。
他携带着它就像钟表指向一个最坏的时辰。
他携带着它从门槛到门槛，从不丢弃。

那个人没有赢。
　　那个人输了。
　　　　那个人走到窗前。
那个人第一个说出她的名字。

和郁金香一起，那个人被斩首。[1]

（芮虎 校）

[1] 在德语中，剪枝和斩首为同一个词 geköpft。

睡眠和进餐

夜晚的呼吸是你的床单，黑暗降临在你身上。
她触摸你的脚踝和太阳穴，唤醒你的生命和睡眠，
她会在词语、意愿和思想中跟踪你，
她和它们每一个都上床，诱唤你出去。
她从你的睫毛上梳理出盐，并与你分享，
她从你的时间里听出沙子，然后端在你的面前。
她曾经像玫瑰、阴影和水一样，
为你斟上她自己。

火印

我们难眠，因为我们处在钟表内的黑暗里，

我们弄弯指针，它像枝条一样

弹跳回去，抽打时间直到出血，

我和你说起愈来愈亮的黎明，

我十二次对你说起你言辞的夜晚，

她敞开并一直敞开，

我一只眼睛放在她的腿上，另一只编入你的发辫，

我连接起它们之间的导火线，打开静脉——

一道新生的闪电掠过。

这样睡去

这样睡去，我的眼睛就会睁开。
雨水注满罐子，我们曾把它倾空。
夜晚变成了一颗心，心茎在伸展——
但是你已来得太晚，收割女。

积雪皑皑，夜风，你的头发！
我仅存的洁白，我失去的洁白！
她数着小时，而我数年。
我们喝雨。我们喝着这雨水。

最洁白的鸽子飞走了

最洁白的鸽子飞走了：我可以爱你！
轻柔的门晃动在轻柔的窗影里。
静静的树移入静静的房间，
你如此靠近，仿佛从未在此逗留。

从我手里你接过这朵硕大的花：
它不是白的，不是红的，不是蓝的——你接过了它。
它来自无地，但它总是会在那里。
我们也从未活过，所以我们和它留在一起。

紫蕨的秘密

在剑鞘下阴影凝视它自己的叶形绿心。
刀锋明亮：谁面对镜子而不在死中逗留？
这里，满壶的悲哀也敬奉给活着的人：
在他们喝下它前已变黑了，仿佛它不曾是水，
仿佛它是一朵雏菊在要求着更黑暗的爱，
一个更黑的枕头、窝穴和更浓密的发……

但在这里只有对铁之寒光的畏惧；
假如有什么仍在闪烁，也许是一把刺刀。
镜子并非我们的主人，我们只从桌上饮空这壶酒：
让其中一个爆裂成碎片，我们会像叶子一样绿！

在樱桃树枝里

樱桃树枝里传来一阵铁脚的嘎吱声。
从头盔里夏天的泡沫为你涌起。微黑的布谷
以金刚石脚刺描画在天穹的门楣。

赤裸着头的骑手从叶簇里耸现。
他的盾牌上携带着你的笑容的黄昏。
牢牢钉入敌人的钢铁之汗巾。
梦者的花园许诺给了他，
而他一直准备好箭矛，以让玫瑰攀升……

但是那个最像你的他赤脚穿过空气而来：
铁鞋套在他瘦弱的手上，
他睡过了战役和夏天。于是樱桃为他流血。

最后的旗帜

一头水彩的猎物在昏暗的边境被追逐。
戴上面具吧，也把你的睫毛染绿。
餐碟和睡眠的铅沙弹一起摆上乌木桌子：
从春天到春天酒沫涌起，岁月飞逝，
而射手的奖赏如此易怒——陌生之地的玫瑰：
你迷失的胡须，树桩懒惰的旗帜。

一阵吠声和流云！他们骑着幻想进入蕨草丛！
像渔人在磷火和潮气中他们撒下网，哦一缕！
他们在洪峰上套上绳索并邀请我们跳舞！
而在泉水里洗着号角——如此学会了诱唤。

而你选的斗篷是否足够浓密？可以包藏住光辉？
他们俯身绕着树像在睡觉，仿佛在准备梦。
他们把心高高抛起，疯狂的多苔球体：
哦水彩的羊毛，我们的一面旗帜在塔上！

（芮虎 校）

雾角

隐匿之镜中的嘴，
屈向自尊的柱石，
手抓囚笼的栅栏：

献给你们自己黑暗，
说出我的名字，
把我领向他。

死亡赋格 [1]

清晨的黑色牛奶我们傍晚喝
我们正午喝早上喝我们在夜里喝
我们喝呀我们喝
我们在空中掘一个坟墓躺在那里不拥挤
住在那屋里的男人他玩着蛇他写
他写当黄昏降临到德国你的金色头发呀玛格丽特 [2]
他写着步出门外而群星照耀着他
他打着呼哨唤出他的狼狗
他打着呼哨唤出他的犹太人让他们在地上掘个坟墓
他命令我们给舞蹈伴奏

清晨的黑色牛奶我们夜里喝
我们早上喝正午喝我们在傍晚喝
我们喝呀我们喝
住在那屋里的男人他玩着蛇他写

---

[1] 据研究材料，该诗写于1945年前后，1947年译成罗马尼亚文在布加勒斯特初次发表时为《死亡探戈》，后来被策兰改为《死亡赋格》(“Todesfuge”)。而这一改动意义重大。它不仅把集中营里的屠杀与赋格音乐联系起来，而且把它与德国文化及其象征巴赫联系了起来，因而对德语读者首先就产生了一种惊骇作用。

[2] 玛格丽特（Margarete），在德国家喻户晓的歌德《浮士德》中女主人公的名字。

他写当黄昏降临到德国你的金色头发呀玛格丽特
你的灰烬头发苏拉米斯[1]我们在风中掘个坟墓躺在那里不拥挤

他叫道朝地里更深地挖呀你们这些人你们另一些唱呀拉呀
他抓起腰带上的枪他挥舞着它他的眼睛是蓝色的
更深地挖呀你们这些人用铁锹你们另一些继续给我演奏

清晨的黑色牛奶我们夜里喝
我们正午喝早上喝我们在傍晚喝[2]
我们喝呀我们喝你
住在那屋里的男人你的金色头发玛格丽特
你的灰烬头发苏拉米斯他玩着蛇

---

[1] 苏拉米斯（Shulamith），在《圣经》和希伯来歌曲中多次出现，犹太女子的象征。“你的灰烬头发苏拉米斯”，在原诗中，策兰用的不是“grau”（灰色），而是“aschen”（“灰”“灰烬”），这本身就含着极大的悲痛。全诗的重点，也正是“你的金色头发”与“你的灰烬头发”的“对位”。与此相对应，诗中的“他”和“我们”也都是在对这两种不同的头发进行诉说。“他”（集中营的纳粹看管）拥有一个迫害狂的全部邪恶本性，但这并不妨碍他像一个诗人那样“抒情”——在他对“金色头发”的咏叹里，不仅有令人肉麻的罗曼蒂克，还有着一种纳粹式的种族自我膜拜。

[2] “清晨的黑色牛奶……”这一句不仅是全诗的主题句，它在后来反复出现时奇特的时间顺序也应留意，据约翰·费尔斯蒂纳在《策兰评传》中提示，这里面还有着《圣经·创世记》的反响：“上帝称光为昼，称暗为夜。那里还有傍晚，还有早上：第一日”。而策兰对之的模仿可谓意味深长。这种模仿使“奥斯维辛”与一个神示的世界相对照，从而产生了更强烈的震撼力。

他叫道把死亡演奏得更甜蜜些死亡是从德国来的大师[1]
他叫道更低沉一些拉你们的琴然后你们就会化为烟雾升向
　空中
然后在云彩里你们就有座坟墓躺在那里不拥挤

清晨的黑色牛奶我们在夜里喝
我们在正午喝死亡是一位从德国来的大师
我们在傍晚喝我们在早上喝我们喝你
死亡是一位从德国来的大师他的眼睛是蓝色的
他用铅弹射你他射得很准
住在那屋里的男人你的金色头发玛格丽特
他派出他的狼狗扑向我们他赠给我们一座空中的坟墓
他玩着蛇做着美梦死亡是一位从德国来的大师

你的金色头发玛格丽特
你的灰烬头发苏拉米斯[2]

---

[1] 大师（Meister），既指精湛的能工巧匠，也指杰出艺术家、艺术巨匠。而“从德国来的大师”不仅擅长艺术，也擅长虐待人和杀人，他拥有绝对的权力。

[2] 全诗最后又回到了两种头发的“对位”。这种并列句法，使人似乎感到了某种“共存”的可能，但也将这两者的界线和对峙更尖锐地呈现了出来，如约翰·费尔斯蒂纳所表述，这是“一个不调和的和弦”。但全诗的最后却落在了“你的灰烬头发苏拉米斯”这一句上。苏拉米斯，带着一头灰烬头发的苏拉米斯，象征着死亡大师不可抹掉的一切，在沉默中永远呈现在人们眼前。

距离赞

在你眼睛的泉水里
活跃着迷狂之海的渔网。
在你眼睛的泉水里
大海信守它的诺言。

这里，我，作为一颗
逗留在人世间的心，
抛开我的衣裳和誓言的光泽：

在黑暗中更黑，我更赤裸。
只有在不忠时我是真实的。
我就是你，当我是我时。[1]

在你眼睛的泉水里
我漂流，并梦见猎物。

网捕获另一张网：
我们挣脱于拥抱。

［1］ 策兰早期的这两句诗，常被一些论者用来探讨策兰本人的翻译观。

在你眼睛的泉水里
一个勒死的人使绳索窒息。

（芮虎 校）

我独自一人

我独自一人，把这灰烬的花
放入成熟变暗的杯中。姐妹之嘴
你们说出的词，长在窗户前，
默默地攀爬，让我梦见了我。

我站在盛开的时光中
并为迟来的鸟儿留下树脂：
他用红色的羽毛携来雪花，
喙中含着冰粒，飞越了整个夏天。

安静！

安静！我将刺入你的心，
因为玫瑰，那枝玫瑰
站在镜子的阴影里，流血！
当我们混合了是与不，她已在流血，
而我们会慢慢地喝，
因为那一声跳下桌子的杯子的摔打声
比我们变黑了的夜更久长。

我们用贪婪的嘴喝：
它尝起来像苦胆，
但却像酒一样起泡沫——
我跟随你眼睛里的光亮，
舌头使我们变得甜蜜……
（它低语着，现在依然如此。）

安静！刺扎入你的心中更深了：
它坚守与玫瑰的誓盟。

油脂灯

修道士毛茸茸的手指打开这书：九月。

此时伊阿宋[1]正以雪撒播新发芽的麦粒。

森林给你一个脖套。如此去死你走向绞索。

因一绺你赠予的深蓝头发，我诉说爱情。

我诉说贝壳和轻盈的云彩，而一只船在雨中发芽。

一匹小牡马疾驰穿过翻书页的手指——

暗黑的门忽地开启，我唱：

我们如何生活在这里？

[1] 伊阿宋，希腊神话中的忒萨利亚王子，曾率部到海外觅取金羊毛。

迟与深[1]

夜从怨言的金色开始。

我们吃哑默的苹果。

我们做着人们乐意留给他的星辰的事；

我们站在菩提树的秋天里，作为一面旗帜忧郁的红色，

和从南方来的黝黑客人[2]。

我们向新基督起誓：尘埃婚配尘埃，

飞鸟嫁与流浪的鞋，

我们的心属于水中的石阶。[3]

我们以沙的神圣誓语向世界起誓，

我们快乐地起誓，

我们从无梦的睡眠屋顶上大声地起誓

并摇动时间的白发……

他们叫道：亵渎！

我们知道。

[1] 本诗原题为《德乌卡里翁与皮尔哈》（“Deukalion und Pyrrha”），一对在大洪水神话中死里逃生的人。

[2] “从南方来的黝黑客人”，这是指策兰自己作为一个生活在法国的流亡犹太诗人，或者说作为一个“德语的客人”在对德国读者讲话。

[3] 这里影射了挪亚方舟的故事，凡幸存的生物皆成双成对。

我们早就知道，但是又能怎样？

你们在死亡磨坊[1]里碾着白色的许诺，

并把它放在我们兄弟姊妹面前——

我们摇动时间的白发。

你们警告我们：亵渎！

我们对此完全清楚。

让罪降临于我们。

让带着所有警诫的罪降临于我们，

让滔滔而来的海，

披盔甲的猛烈旋风降临，

让一个夜半的白昼，

那从未成为过的降临！

让一个人从墓穴中出来。

（芮虎 校）

［1］“死亡磨坊”，取自奥斯维辛集中营负责人在法庭上的供词：“我的工作是使奥斯维辛的磨坊转动。”

一次旅行

这是一个使你风尘仆仆的时刻，
你在巴黎的房屋，成了你双手的祭坛，
你的黑眼睛，成为眼睛中最深的。

这是一个牧场，一队马等着你的心。
你骑上它而你的头发将被吹起——那是禁忌。
留在那里并挥手的人，不知道它。

（芮虎 校）

大啤酒杯

——给克劳思·德穆斯[1]

在时间的长桌上

上帝的大啤酒杯在不停地喝着。

他们喝空了明眸与盲眼，

阴影统治的心，

以及黄昏空洞的面颊。

它们是最豪嗜的饮者：

它们喝下虚空正如喝下满溢

而从不像你我那样泼洒出来。

[1] 克劳思·德穆斯（Klaus Demus），策兰在维也纳期间认识的朋友，艺术史学者。

骨灰瓮里倒出的沙

像霉一样发绿，是那忘却的家。

在每一扇吹动的门前你的被斩首的乐师变蓝。

为你，他擂动用青苔和粗粝的阴毛制成的鼓；

并以化脓的脚趾在沙粒中为你描眉。

他描画得那么修长，他描画你嘴唇的红润。

在此你注满骨灰瓮，并喂养你的心。

裹尸布

那种你用轻盈织就的
我穿上去以墓石为荣。
当我在黑暗中醒来
叫喊，就轻拂在上面。

常常，当我应该嘀嘀咕咕时，
它便皱起遗忘的皱褶，
而那个我祈求原谅的
他，正是过去的我。

而这废渣中的神
在击打他最沉闷的鼓，
正好在皱纹荡平时
这阴沉的人皱起了眉。

（芮虎 校）

风景

你们高高的白杨——大地的人类！
你们幸福的黑色池塘——映出她的死亡！

我看见了你，姐姐，站在那光芒之中。

数数杏仁[1]

数数杏仁，
数数这些苦涩的并使你一直醒着的杏仁[2]，
把我也数进去：

我曾寻找你的眼睛，当你睁开无人看你时，
我纺过那些秘密的线，
上面，你冥想的露珠
滑落进那些罐子[3]，被言语守护，
无人之心[4]找到他们的所在。

---

[1] “杏仁”，和犹太民族的历史命运联系在一起，《旧约》中有多处杏树的意象和隐喻。犹太人的烛台，往往有杏树开花的图案。在《在一盏烛火前》中，策兰也曾这样写到母亲：“苗条的体态，/ 一道修长的，杏仁眼的影子。”

[2] 杏仁是苦涩的，犹太人逾越节吃的面饼要放一种苦草，以纪念祖先从埃及出来的苦难；至于“醒着”，德语的“杏仁”（Mandeln）和希伯来文的“清醒”发音很接近。变苦也就是变清醒，哪怕是痛苦地“醒着”。

[3] 这里的“罐子”，可参见诗人的《骨灰瓮里倒出的沙》（“像霉一样发绿，是那忘却的家”）。对一个幸存者来说，也许这种意义上的死亡才是最终的庇护。

[4] “无人”（Niemand），策兰诗歌中经常出现的一个重要指称。人们惯于把“无人”读解成“没有人”，但在策兰的诗中，“无人”往往已由一种否定性的陈述（“没有人”“没有任何人”）变成了一个“名词”：对一种更高存在的命名。约翰·费尔斯蒂纳在访谈《专注——灵魂的天然祷告》中称“无人”为策兰对上帝的“新定义”。这里的“无人之心”可理解为这样一种灵魂存在。

只有在那里你完全进入你自己的名字，[1]
以切实的步伐进入自己，
自由地挥动锤子，在你沉默的钟匣里，
那听到的，向你靠近，
而死者的手臂围绕着你
于是你们三个[2]漫步穿过黄昏。

让我变苦。
把我数进杏仁。[3]

（芮虎 校）

[1] 策兰曾在马丁·布伯的书中记下一句话："每个名字都是那朝向终极名字的一步，正如打破的每一样东西都指向那不可打破者。"但是，"在战时（和战后）的欧洲"，正如法国诗人伊夫·博纳富瓦在回忆文章中所说，策兰又是一个"无法讲出自己的名字的犹太人"。

[2] "你们三个"有多种解释，在这里可以理解为诗人与死去的父母。策兰对父母的惨死一直怀有内疚感，认为自己未能保护住父母，另外，父母的死也给他带来了无限孤寂的孤儿感（策兰为独生子）。在这里他渴望加入死者的队列，回到父母那里，一起漫步穿过生与死的黄昏。

[3] "让我变苦 / 把我数进杏仁"，这种誓言般的声音伴随了策兰的一生。1969年秋天，策兰第一次访问以色列，他再次朗诵了这首诗，在他那时写给早年家乡女友伊拉娜·施穆黎的诗中也有一首《结成杏仁的你》。

《从门槛到门槛》

（*Von Schwelle zu Schwelle*，1955）[1]

[1] 策兰这部诗集的诗集名可能和他写给夭折儿子的《给福兰绪的墓志铭》有关："世界的两扇门 / 一直敞开着""我们听见它们砰地弹开又关上"。"世界的两扇门"出自犹太教哈西德教派关于人生是今生与来世的两扇门的观念。同时，策兰自己从维也纳到巴黎的漂泊生涯，自《死亡赋格》之后对自己的创作所做出的调整，也都可以说是"从门槛到门槛"。

《死亡赋格》问世后广被接受，反而引起了策兰对自身创作的怀疑和愧疚感："无论你搬起哪块石头——/ 你都会让那些 / 需要它保护的暴露出来"（《无论你搬起哪块石头》）。他在这一阶段的《带上一把可变的钥匙》《说，你也说》等诗，都清晰地标出了这种创作变化的轨迹。另外，在该集《收葡萄者》一诗中，还第一次出现了"晚嘴"（Spätmund）这个突兀而又不同寻常的意象。它关涉到诗人在荷尔德林和里尔克之后，尤其是在"奥斯维辛"之后对自身创作的高度自觉和历史性定位。这给他的创作带来了一种新的、更艰巨、也更不容易被一般读者理解的开始。

从黑暗到黑暗

你睁开你的眼睛——我看见我黑暗的存在。
透过它我一直看到那床铺：
那里也是我的和生活。

是一种摆渡？穿越，醒来？
谁的光芒会紧随我的脚跟，
为一个船夫的出现？

今夜同样

更满
既然雪也降到这上面
太阳浸透过的海，
冰花开在篮子里，
你携带进城。

沙子
你向它索取，
因为最后的
在家的玫瑰
今夜同样想要被喂养
从簌簌流淌的时间。

带上一把可变的钥匙

带上一把可变的钥匙
你打开房子，在那里面
缄默的雪花飞舞。
你总是在挑选钥匙，
根据血，那从你的眼
嘴或耳朵里涌出的血。

你变换着钥匙，变换着词，
它可以随着雪片漂流。
而怎样结成词团，
靠这漠然拒绝你的风。

（芮虎 校）

说，你也说

说，你也说，
作为这最后一个，
说出你的言说。

说——
但不要把不从是中分开，
也给你的言说以感觉：
给它以阴影。

给它足够的阴影，
给它这样多，
就像你知道怎样为自己分配
午夜、正午与午夜。

看看四周：
看它们是怎样地活跃——
紧靠着死亡！活着！
那言说阴影者，言说真实。

但是现在收缩你站立之处：

何处前往，脱去阴影者，何处？

攀爬。摸索着向上。

缩小你自己，不可辨认，更细微。

更细微：一条线，

而它将缘此而来，那星：

在这下面游动，下面，

在那里它看见自己游动：在

漫游的词语的余波中。

（芮虎 校）

在一盏烛火前

以冷轧的金子，[1]如你
所嘱咐我，母亲，
我打造烛台，由此
在碎裂的时间中
使我变暗上升：
你这
死者之躯的女儿。[2]

苗条的体态，
一道修长的，杏仁眼的影子，
嘴和性器
被微睡的动物围着跳舞，
她拂去裂开的金子，
升上
此在的峰顶。

以被乌云笼罩之夜的

---

[1] 以冷轧的金子打造烛台，这在《出埃及记》中是神对摩西的命令，在策兰这首诗中，变成了母亲神圣的嘱咐。

[2] 母亲因为死亡而变得年轻了，成为有着“死者之躯的女儿”——神的女儿。

嘴唇

我祝福：

以三者的名义
他们相互结仇，直到
天堂降落进情感的坟墓，
以三者的名义，他们的戒指
在手指上使我闪光，每当
我在峡谷里松开树木的毛发，
山洪沙沙流过，穿过深处——
以三者中第一个的名义，
他呼喊了出来
仿佛呼喊着生命，而词语比他先出现，
以第二个的名义，他观看并哭泣，
以第三个的名义，他在
中心堆出白色的石头——
我宣告你无罪
用阿们，它盖过我们的声音，
用冰光，给它镶上边，
那里，如塔一样高，它进入海，
那里，这灰色的鸽子
啄起这些名字

在死亡的这边和那边：

你留下，你留下，你留下

一个死人孩子，[1]

奉献我渴望的“不”，

嫁给一个时间的裂隙，

我母亲的教诲把我引向前去

哪怕只有一次

手的颤抖，

再次再次把我抓到那心上！

（芮虎 校）

[1] “一个死人孩子”，指策兰第一个出生几日即夭折的儿子福兰绪（Francois）。

时间的眼睛

这是时间的眼睛：
它斜睨着
从一道七彩眉毛下。
它的眼帘被火焰洗涤，
它的泪是热蒸汽。

向着它盲眼的星飞来
熔化在更炽热的睫毛前：
世界变暖起来，
而死者
抽芽并且开花。

给福兰绪[1]的墓志铭

世界的两扇门[2]
一直敞开着：
是在黄昏
被你打开。
我们听见它们呼地弹开又关上
带着不可知之物，
带着绿色进入你的永远。

（芮虎 校）

[1] 指策兰第一个出生几日即夭折的儿子福兰绪。

[2] “世界的两扇门”出自犹太教哈西德教派关于人生是今生与来世的两扇门的观念。

阿西西 [1]

翁布里安的夜。

翁布里安的夜带着寺钟和橄榄树的银色。

翁布里安的夜带着石头——你搬来的。

翁布里安的夜带着石头。

　　哑默，那进入生命的，哑默。

　　掉转注入壶中。

陶制的壶。

陶制的壶，陶工的手生长在上面。

陶制的壶，被一只阴影的手永远罩住。

陶制的壶，带上一道阴影的印封。

　　石头，无论你从哪里看，石头。

　　让灰色的动物进来。

---

[1] 阿西西（Assisi），意大利中部翁布里安地区的城市，天主教方济各会创始人圣方济各的出生地。圣方济各（San Francesco di Assisi，1182—1226），人、动物、天主教教会以及自然环境的守护圣人，传说因天主圣意安排，在他身上印下了耶稣受难时所承受的五伤（即双手、双脚与左肋），用以感化罪人。

慢跑的动物。

慢跑的动物在雪中，为最赤裸的手撒播。

慢跑的动物，在那掉进了城堡的词前。

慢跑的动物，从喂食的手中吞吃着睡眠。

光亮，那不去安慰谁的，光亮。

死者——他们仍在行乞，弗兰茨[1]！

[1] 弗兰茨（Franz），策兰夭折的儿子福兰绪的德语名字，与圣方济各的名字的发音接近。

我听见它说

我听见它说，那里
有一块水中之石，而涟漪
从水面荡来一词
围绕着石头。

我看见我的杨树垂向水，
我看见她的手臂如何伸入水下，
我看见她的根因为夜而朝天空祈祷。

我并不匆忙地跟着，
我只是捡着地上的碎屑
它有着你眼睛的形状和名望，
我从你的脖子上取走箴言之链
让那铺满碎屑的桌子成形。

而再也看不见我的杨树。

挥动斧头

夜的七小时，醒的七年：
挥动斧头，
你躺在直立尸体的阴影间
——哦砍不尽的树木！——，
沉默的繁茂在你上方，
词语在脚下乞求，
而你躺下，挥动斧头——
你自己的，那最后一闪。

无论你搬起哪块石头

无论你搬起哪块石头——
你都会让那些
需要它保护的暴露出来：
现在他们赤裸着
变换着蜷缩之所。

无论你伐来哪棵树——
用来
做床架，在那上面
魂灵们再次聚集，
仿佛它们亘古如初
不会
发抖。

无论你说出哪个词——
你都有欠于
毁灭。

夜间开合

——给汉娜和赫尔曼·伦茨[1]

夜间开合
花的嘴唇,
交接并缠绕在
杉树的枝干上,
青苔变灰,石头脱落,
穴鸟惊醒,不停地
飞越冰河:

这是一个我们
捕获、休息的地带:

而他们将不命名时日,
不细数雪片,
不追随溪流至堰坝。

他们独立于人世上,
各自紧靠着他的夜晚,

[1] 德国作家夫妇,1954 年策兰在斯图加特与他们相识。

各自紧靠着他的死亡，
平静，秃头，若远若近，
冷若冰霜。

他们偿还了他们生来欠下的债，
他们因为一个词而偿还了它
那个不合适的词，正如夏天。

一个词——你知道：
一具尸体。

让我们洗净它，
让我们梳理它，
让我们把它的眼
转向天堂。

（芮虎 校）

两人同行[1]

那死去的两人在水里游，
在酒里他们也成双地游。
他们的酒泼洒在你的身上，
死者成双成对地游。

他们用他们的头发编成席垫，
在这里他们相互挨着居住。
现在再次投下你的骰子，
在这两人的一只独眼里潜入。

[1] 该诗的“两人”，显然是指策兰死去的父母。

记忆

心灵被无花果[1]喂养，
思想回到那一刻
在死者的杏仁眼上。
喂养，被无花果。

浸透在海风的呼吸里，
这遇难的船
额头，
悬崖姐妹。

而在你的白发上
那放牧的浮云羊毛
增长。

（芮虎 校）

[1] 参见荷尔德林《追忆》一诗："然而，在庭院里有一棵无花果树生长。"在策兰晚期《它站立》一诗中，"无花果"的意象也再次出现。

默默的争辩[1]

——给勒内·夏尔[2]

连接成链，

在金子与遗忘之间：

夜。

两者都想抓住她。

两者都有自己的方式。

连接她，

现在你也在连接那想要

随着每一天显露的一切：

这被大海浸透

从星辰中溢出的词。

每一个他的词。

每一个对他吟唱的词

当狼犬咬住他的脚后跟——

---

[1] 原诗题为拉丁语“Argumentum e Silentio”，意为“默默的争辩”。

[2] 勒内·夏尔（René Char，1907—1988），二战后法国最重要、最有影响的诗人。年轻时参与超现实主义诗歌运动，德国占领法国期间，曾投入抵抗运动。策兰于1954年认识夏尔，后来和他一起合作翻译了夏尔的诗集《战时笔记》。

每一个对他和冰霜吟唱的词。

对它，对夜
众星充溢、海水浸透的词。
被沉默赢回的词。
他的血并没有凝结成块
当毒牙咬碎诗节。

你这被夜赢回的词。

依靠着他者，
被吸血者的耳朵引诱，
词语攀越时间和季节，
最后将承担见证。
在最后，当仅有的链条作响，
对躺在金子
与遗忘之间的夜作证，
时间的三姐妹——

那么告诉我
如果不伴随夜，词从哪里破晓？
在她的泪之河床上，夜显示

而投入的太阳在播种

一次又一次。

（芮虎 校）

收葡萄者

——给娜莉和克劳思·德穆斯

他们收获自己眼里的酒，
他们榨取所有的哭泣，这也：
出自夜的意志，
夜，他们屈身倚靠的墙，
被石头所求，
石头，越过他们拐杖的声音落入
回答的沉默——
他们的拐杖，曾经，
曾经在秋天里叩响，
当这一年肿胀至死，如一串，
曾经穿透哑默言说的葡萄，
坠入沉思的凿井。

他们收获，他们榨取着酒，
他们压榨时间如压榨他们的眼睛，
他们窖藏哭泣渗出的酒，
他们在太阳的墓穴里准备着
以在黑夜里变强的手：
而一张嘴会对此饥渴，晚——

一张晚嘴，就像他们自己的：
弯曲向盲目和残废——
一张嘴，伸向那从底部涌起的
酒沫的同时
天堂下降于蜡封的海，
而反光从远处，像蜡烛的尽头，
当嘴唇最终变得湿润。

离岛

离岛，紧挨着死者，
从树林里娶下独木舟，
从空中伸下凶猛的臂，
灵魂被土星锁住：

所以异乡人、自由人如此划着，
这冰和石头的大师：
在沉没的航标间通过，
从鲨鱼蓝的海发出咆哮。

他们划，他们划，他们划——：
你们死者，你们泳者，在前！
这一切也将被垂网罩住！
而明日我们的海干涸！

（芮虎 校）

示播列 [1]

连同我的石头，
哭声增大者
在监栏的后面。

他们把我拖拽到
市场中央，
那里
我不曾向它宣誓的
旗帜飘扬。

笛子，
夜的双重笛音：
记住这黑暗的
红色孪生子
维也纳和马德里。

把你的旗帜降下，

[1] 示播列（Schibboleth），见《圣经·士师记》12：5—6（基列人战败以法莲人，在渡口抓捕逃走的以法莲人，叫他说“示播列”，以法莲人咬不准发音，说“西播列”，便被拿住）。后来，人们将“示播列”比喻为通行暗语。法国哲学家德里达曾有以《“示播列”——为了保罗·策兰》为题的长篇演讲。

纪念吧。
降到半桅
为了今天和永远。

心：
在这里暴露出你是什么，
这里，市场中央。
喊出示播列，对
进入你家乡的异邦人：
二月。*No Pasaran*。[1]

独角兽：
你知道石头，
你知道流水，
来吧，让我把你引向
这厄斯特雷马都拉[2]的
声音。

（芮虎 校）

[1] “No Pasaran”，西班牙内战时期共和国军的暗语，意为禁止通过。
[2] 厄斯特雷马都拉（Estremadura），西班牙西南部地区名，内战时期抵抗法西斯势力的主要阵地之一。

纪念保罗·艾吕雅[1]

把这些词连同死者葬入坟墓，
他曾为了生命而说出。
在这些词中间安放下他的头，
让他感觉到
这些渴望的舌头，
这些钳子。

把这个词放在死者的眼睑上，
他曾拒绝对那个
称他为“您”的人说出，
这词
从他的心血上跳动过，
当一只手，像他的一样赤裸
把那个称他为“您”的人
联结于未来之树。

---

[1] 保罗·艾吕雅（Paul Eluard，1895—1952），法国著名超现实主义诗人，策兰早在布加勒斯特期间就翻译他的诗。此诗包含了对艾吕雅一生的复杂评判。1950年，捷克作家、超现实主义诗人、纳粹集中营的幸存者扎维斯·卡兰德拉因反斯大林主义被判绞刑。法国超现实主义诗人安德烈·布勒东曾找艾吕雅出面救援，但遭到艾吕雅的拒绝。

把这个词放在他的眼睑上：
也许
在他依然碧蓝的眼瞳里，
会进入一种更陌异的蓝，
而那个称他为“您”的人，
将和他一起梦着：我们。

（芮虎 校）

《言语栅栏》

（*Sprachgitter*，1959）[1]

---

[1] 1955年间策兰和妻子吉瑟勒一起去看望吉瑟勒的住进修道院的母亲，写下《言语栅栏》一诗。吉瑟勒的父母本来就很难接受一位流亡的犹太人，这次见面亦显得“冷寂”，隔着一道栅栏。最终，现实的阻隔变成了言语的栅栏，策兰后来也曾这样对人说：“我处在与我的读者相异的时空层面；他们只能远远地解读我，他们无法将我把握，他们握住的只是我们之间的栅栏。”（沃夫冈·埃梅里希《策兰传》）

“言语栅栏”加深了诗人的孤独，也正因此，诗人寄期望于“对话”和“相遇”，在1958年的《不莱梅文学奖获奖致辞》中，策兰借用了曼德尔施塔姆“瓶中信”的隐喻：“它可能什么时候在什么地点被冲上陆地，也许是心灵的陆地。”

1957年10月，策兰和巴赫曼在西德一次文学会上重逢，爱情的复发，使他写出了《科隆，王宫街》《在嘴唇高处》《日复一日》《白与轻》等诗，均收入本集中。它们当然不同于一般的爱情诗，却是“存在——为了相互存在”（策兰致巴赫曼的信）的动人例证。

该集所收入的长诗《紧缩》是一个重要标志。它是对“奥斯维辛”的一次重写，但又如诗人自己所说，处在“自己存在的倾斜度下、自己的生物的倾斜度下讲述”（见策兰1960年毕希纳奖获奖演说《子午线》）。它以残骸一般无声的语言，在永不结束的“驱送”途中和现实的核威胁下，真正进入到奥斯维辛之后“晚词”的领域中了。

声音

声音，刻进
光滑水面的绿。
当翠鸟下潜，
瞬间发出嗡声：

那曾使你站立的
河岸的每一边
一步步
被刈成另一种风景。

*

荨麻路上传来的声音：

从你的手上走近我们，
无论谁独自和灯在一起，
只有从手掌阅读。[1]

---

[1] 1961年间，策兰托人向海德格尔寄赠过诗集《言语栅栏》，并在题献下附有这几句诗。

*

声音，从夜里渗出，
在绳索上，你系上钟铃。

成长为拱顶，世界：
当死者的贝壳浮游，
这里的钟铃将响在那里。

*

声音，来自你的心，
缩回到你母亲的心。
一种来自绞刑架树的声音，
晚木和春木[1]在那里
变换和交换它们的年轮。

*

声音，充满喉咙，在碎石里

[1] 晚木（Spätholz）指树木晚生的木质，春木（Fruehholz）为早生的木质。

甚至被无限铲开，

（心——）

泥浆般涌流。

孩子，推出这小船

我已装备好了：

当阴风摆动船身，

双桨就会收紧。

*

雅各的声音：

泪水。

兄弟眼中的泪水。

一滴还悬挂着，增大。

我们住在里面。

呼吸吧，以让它

滴落。

*

方舟腹腔内的声音：

这里
只有嘴巴们
被救。你们
沉落者，也在
听我们。

*

没有
声音——一种
晚噪音，时间之异响，赠予
你的思想，在这里
终于醒来：一道
树心皮，眼睛般，深深地
刻进；它
渗出树脂，永不
结疤。

一只手

时间之木打造的桌子，
酒和干粮。
即将被沉默，
吃掉，喝光。

我吻的一只手，
照亮了嘴。

（芮虎 校）

言语栅栏

栅栏之间，睁圆的眼。

闪光动物的眼睑
向上投出
它的一瞥。

虹膜，泳者，无梦且冷寂：
心灰色天空，一定靠近。

横穿在铁架子里，
是这冒烟的微屑。
在光的感知下
你占卜灵魂。

（如果我是你。如果你是我。
我们是否曾站在
信风中？
我们是陌生者。）

地砖上面，

相互贴近，这两滩
心灰色：
两张
充满沉默的嘴。

（芮虎 校）

夏日报道

不再穿越，这片百里香地毯
被迂回绕过。
一道空挡线
从石楠丛里透出。
风的刈幅中，无物。

再一次，遇到一些
零散的词，如
防冲乱石，杂草，时间。

在下面 [1]

把家带入遗忘
我们迟缓眼睛的
客人致辞。

把家带着，音节相继，分配给
日盲的骰子，在那只
游戏的手抓起后，巨大，
醒着。

而我谈论的多余：
堆积出小小的
水晶，在你沉默的服饰里。

[1] “家”一直是策兰的主题，但那却是一个“在下面”的、被埋葬的家园。海德格尔在对荷尔德林的阐释中曾提出“诗人的天职是返乡”这一命题，但对策兰而言，他所写下的，都不过是“无乡的返乡之诗”，他要“谈论”的，皆为“多余”。

科隆，王宫街[1]

心的时间，梦者
为午夜密码
而站立。

有什么在寂静中低语，有什么沉默，
有什么在走自己的路。
流放与消失
都曾经在家。

你大教堂。

你们不可见的大教堂，
你这不曾被听到的河流，
你深入在我们之内的钟。

（芮虎 校）

---

[1] 1957年10月14日，策兰和巴赫曼在西德一次文学会上重逢并恢复情侣关系，当晚住在临近科隆大教堂和莱茵河畔的王宫街，该街区一带在历史上曾为犹太人的居住地和受难地。

在嘴唇高处 [1]

在嘴唇高处，可察觉：
变暗的生长。

（光，无须寻找，你留下
雪的陷阱，你攫住
你的猎物。

两者都有效：
触摸和未触摸。
两者愧疚地谈着爱，
两者都要存在和死亡。）

叶片疤痕，嫩芽，带着睫毛。
一瞥，陌生的日子。
豆荚，真实而绽开。

[1] 这是策兰写给巴赫曼的又一首诗。因为策兰在巴黎已有家庭和孩子，所以他和巴赫曼的关系，一直带有一种痛苦的“爱之罪”的性质。

嘴唇曾经知道。嘴唇知道。

嘴唇哑默直到结束。

（芮虎 校）

日复一日[1]

你这焚烧的风。寂静
曾飞在我们前头，第二次
真实的生命。

我胜了，我失败了，我们相信过
昏暗的奇迹，枝条，
在天空疾书，负载着我们，在月球轨道上
茂盛，留下白色痕迹，一个明日
跳入昨日，我们拿来，
丢失了那盏烛光，我把一切
扔进无人的手掌。[2]

[1] 1957年12月，策兰到西德朗诵诗歌，并在慕尼黑与巴赫曼相会，“回到跳跃之处”（策兰去前给巴赫曼的信）。诗中“焚烧的风”指阿尔卑斯山一带有名的“焚风”。本诗由芮虎主译。

[2] 在策兰寄给巴赫曼的初稿中，最后几句为“……一个明日 / 升上昨日，我们拿来，/ 那盏烛光，我哭泣 / 在你的手掌。”收入诗集时，策兰对这最后几行做了重要修改。

风景速写

圆形的墓地，在下。在
岁月进行的四节拍里
沿陡峭的石级环绕而上。

熔岩，玄武岩，炽热
穿过地心的石类。
沉积凝灰岩
光在那里为我们生长，在
呼吸之前。

橄榄绿，透过大海飞溅，这
不可走入的时刻。向着
中心，灰色，
一个石头的鞍座，上面
凹进并炭化了，动物的前额带着
光彩夺目的白斑。

一只眼，睁开

时刻，五月的色彩，凉爽。
没有可再命名的，热，
从嘴里可听见。

再次，无人的声音。

疼痛的眼球深处：
眼睑
没有挡路，睫毛
不再计数进入之物。

而泪，半珠
清晰的晶体，多么容易滚动
为你获取影像。

花 [1]

石头。
这空中的，我紧随的石头。
你的眼瞳，石头般盲目。

我们曾是
手，
我们挖空黑暗，发现
那个使夏天攀缘而来的词：
花。

花——一个盲词。
你的和我的眼：
它们照看
流水。

生长。
心墙靠着心墙
叶片迸生。

---

[1] 1957年早春，策兰20个月的儿子埃里克说出第一个法文词“fleur”（花），策兰因此写下了该诗。最初诗题为“fleur”，后改为德语“Blume”（花）。

另一个词也如此，铁锤们
将在大地抡舞。

（芮虎 校）

进入距离

缄默，新鲜，宽敞，一座房子——：
来吧，你应移居此地。

钟点，优美得像诅咒：一个收容所
可以入住。

比空气中弥留的更尖锐：你必呼吸，
呼吸，并成为你自己。

夜

砾石和岩屑。一节音律，细弱，
作为时间的应诺。

眼神之交换，终于，错过的尽头：
留下的——影像，
木化的
眼膜——：
这永恒的标记。

可想象：
上面，在世界的传动杆上，
像星宿，
两张嘴的深红。

可听见（在破晓？）：一个石头
把其他石头作为了目标。[1]

---

[1] 在策兰的中后期，他自觉地从被滥用的文学语言中转开，转而“以地质学的材料向灵魂发出探询”（约翰·费尔斯蒂纳语）。

低处的水

低处的水。我们看见
海蟹，看见
帽贝，看见
指甲在我们手上。
无人从心墙上为我们采下词语。

（海边螃蟹的踪迹，明天，
爬入垄沟，栖息之地，风——
在灰色中描画
淤积，精良的沙，
粗砺的沙，那从墙上
分离的沙，和其他
碎渣一起
存储在壳里。）

一只眼，今天，
把它献给第二只，双双
合闭，跟随水流
进入阴影，未装载
它们的船货（无人

为我们采下词语），海岸
伸入大地的沟湾——一个沙渚
立在一个小小的
不可通航的沉默前。

万灵节

我究竟做了
什么？
夜繁殖，仿佛
那里还有别的，比它
更晦暗。

鸟飞，石飞，成千次
描画出路径。目光一瞥
被窃取，采摘。海，
被品尝，喝掉，梦掉。一小时的
灵魂暗蚀。接着，一阵秋光，
献给一个盲目的
感情，来临。其他的，无处
可去，除了自身的沉重：瞥见并避开。
弃儿，星宿，黑色，充满言语：以
破裂的誓约命名。

而一旦（何时？这也忘了）：

感到了倒钩

就在脉搏敢于反节奏之处。

（芮虎 校）

回家

雪落下，密集，更密集，
鸽子之白一如昨日，
雪落下，仿佛你仍在梦中。

白色铺展出距离。
在它上面，了无边际，
消失者雪橇的痕迹。

下面，藏着的
在向上翻卷
那刺痛眼睛的一切，
雪丘连绵，
不可见。

将每一个，
请回到它今天的家，
一个我滑落入哑默：
木头般，一个界桩。

那里：一种感知，

被冰风刮来

固定下它的鸽灰-雪白

之旗。

带着信与钟

蜡
封住那没写出的，
由此猜着
你的名字，
将你的名字
编成密码。

飘游的光，你现在来吗？

手指，也被蜡化，
从那陌生的
痛苦的指环中拔出。
融向指尖。

飘游的光，你来吗？

时间的空洞，钟的蜂巢，
成千的蜜蜂新娘，

准备上路。

飘游的光，来吧。

在一幅画下面

大乌鸦的蜂拥掠过麦浪。

哪一个天堂的蓝色？下面的？或上面的？

晚来的箭镞，从灵魂射出。

更强烈的嗡嗡声。更近的燃烧。两个世界相交。

碎石驳船

水的时刻，碎石驳船
把我们携带到黄昏，我们
如它，并不急促，一个死亡的
“为何”站在船尾。

…………

卸下了。这肺，水母
使自己膨胀成钟，一个褐色的
灵魂的肿块到达
一个呼吸清晰的“不”。

（芮虎 校）

白与轻[1]

镰刀形的沙丘，未曾数过。

风影中，千重的你。
你和这手臂
我赤裸着朝向你，
那失去的。

光柱，把我们吹打到一起。
我们忍受着这明亮、疼痛和名字。

白色
移动着我们，
无须负重
我们用来交换。
白与轻：
让它漂移。

距离，月亮般临近，像我们。它们

[1] 这是策兰写给巴赫曼的又一首诗。诗中的“风影”出自海德格尔。海德格尔认为苏格拉底不可超越，后来的哲学家都不过是他留下的风的影子。

筑积。筑起礁石
在漂流的断隙处，
它们继续
筑积：
用光屑和波浪的飞沫。

那召唤礁石的漂移。
那额壁
唤它移近，
这些借给我们的额壁
为了映照的缘故。

额壁。
我们随它们席卷而去。
向着额壁的岸。

你睡着了吗?

睡吧。

海洋的石磨转动，

冰光和那未听到的，

在我们的眼中。

（芮虎 校）

信心

那里将有另一只眼睛，
陌生的一只，挨着
我们的：哑默
在石头的眼睑下。

来吧，钻出你们的洞穴！

那里将有一副睫毛，
向内化入岩石，
钢化，被那不流泪的，
最精良的纺锤。

在你面前它打造着，像是
在感谢，它们依然是兄弟。

熄灯祷告 [1]

我们在靠近，主，
靠近，伸手在即。

已经触到了，主，
交错，抓紧，仿佛
我们每人的肉体曾是
你的肉体，主。

祷告，主，
为我们祷告，
我们在靠近。

斜风中我们去了
去了，我们俯身
朝着凹谷与火山口。

我们去向那水槽了，主。

[1] 原题为拉丁文“Tenebrae”（策兰曾对人说他喜欢拉丁文的祭司感觉），意为“黑暗”，指在熄灯后祷告。

它曾是血，它曾是
你流出的啊，主。

它闪闪发亮。

它把你的影像投进我们眼里，主。
眼和嘴如此空洞张开，主。
我们喝了，主。
这血和血中的圣容，主。

祷告，主。
我们在靠近。

雪床

眼睛，盲世界，在死亡裂隙里：我来，
冷漠在心里成长。
我来。

月镜，峭壁之脸。向下。
（光斑随着呼吸。血成条纹。
再一次，灵魂使云团成形。
十指阴影，被拧紧。）

眼睛之盲世界，
眼睛在死亡裂隙里，
眼睛眼睛：

雪床在我俩各自下面，雪床。
水晶覆盖着水晶，
像时间一样深陷，我们坠落，
坠落，躺下，坠落。

而坠落：
我们曾是。我们是。

和夜一起，我们融为一体。

流逝，流逝。

上面，无声

上面，无声，那些
旅行者：秃鹫和星。

下面，万物之后，我们
十之数，沙族。时间
怎么就不
给我们一小时，在这里
在这沙之城。

（讲讲这些井，这些
井沿，井轮，讲讲
这些井屋——讲吧。

点数，再讲，钟
这一只，也走坏了。

水：怎样的
一个词。我们懂你，生命。）

陌生人，不期而至，从哪里来，

客人。

湿透的衣服。

湿漉漉的眼睛。

（给我们讲这些井，这些——

点数，复述。

水：怎样的

一个词。）

他的衣服和眼，像我们

被夜充满，他显露

眼光，他现在开始数，

像我们，只数到十

不再向前。

上面，那些

旅行者

一直

不被听见。

布列塔尼的质料[1]

荆豆花光，淡黄，斜坡
溃烂至天上，荆刺
追逐着伤口，丧钟从内里
传出，这是黄昏，虚无
卷来它的海作为奉献，
血之帆为你张起。

干旱，河床在你身后
淤积，这时刻
被莎草噎住，上方，
临近一颗星，乳水般的细流
在泥浆中唠叨，下面，
海枣壳丛生，向着蓝色吐露，这无常的
美丽的灌木
向你的记忆问候。

（你们知道我吗，
双手？我走向你们指点的岔路，我的嘴

[1] 原诗题为法语“Matière de Bretagne”。布列塔尼，法国西北部半岛，策兰生前曾携全家在这里度假、写作和翻译。

吐出它的沙砾，我走向，我的时间，
漫游的雪墙，投下影子——你们知道我吗？）

双手，这追逐
伤口的荆刺，双手，
一阵丧钟，虚无，和它的海，
而双手在荆豆光里，
血之帆
为你张起。

你
你教
你教你的双手
你教你的双手你教
你教你的双手
　　　　　　睡觉。

（芮虎 校）

紧缩[1]

*

驱送[2]入此
地带
以准确无误的路线：

青草，被分开书写。[3]石头，白色，
上有草叶的阴影：
不要再去读——看！
不要再去看——走！

走，你的时辰
没有姊妹，你是在——
家里。一个轮子，慢慢
从它自身转出，车辐

---

[1] 这首长诗原题为“Engführung”，在德文中，还用作音乐术语，指赋格音乐中的“密接和应”（Stretto），指在一个主题结束前加速进入新的主题。诗题“紧缩”的翻译参照了米歇尔·汉伯格的英译“The Straitening”。

[2] 原文为“Verbracht”，策兰有意运用了这个德文词，指向纳粹政权对犹太人的“最后解决”。

[3] 策兰曾是法国著名导演阿仑·雷奈的纪录片《夜和雾》德文解说词的翻译，在那部暴露集中营罪恶的纪录片的开始和结尾都伴随着对被踩踏的青草的描述。

在攀爬

爬向黑暗荒野，这夜

不需要星光，无处

无物向你探问。

*

　　　　　　无处

　　　　　　　　无物向你探问——

他们躺下的地方，曾有

一个名字——没有

名字。他们不曾躺在那里。是一些什么

躺在他们中间。他们

不曾看透。

不曾看见，不，

说这些

词。没有人

醒来，

睡眠

笼罩他们。

*

来吧，来。无处

无人探问——

这是我，我，

我在你们中躺下，我曾

敞开，可以

听见，我向你们拍打，你们的呼吸

顺从，我依然

还是那个人，而你们

依旧沉睡。

*

这依然还是我这个人——

岁月。

岁月，岁月，一根手指

上下摸索，摸索

四周：

在接缝处，可触摸，这里
撕裂得太开，这里
再次长到一起——谁
把它缀连了起来？

*

缀连起来
——谁？

到来，到来。
一个词到来，到来，
穿过夜晚而来，
想要闪亮，想要发光。

灰。
灰烬，灰烬。
夜。
夜—和—夜。——走向
眼睛，走向潮润的一个。

*

走

走向眼睛，走向

潮润的一个——

飓风。

飓风，来自太初，

粒子飞旋，而其他的

你

知道一个，我们

在书中读到它，只是

观点[1]。

曾是，曾是

观点。我们

该如何

相互把握——以

[1] 策兰曾同人谈到古希腊哲人德谟克里特的著作残篇："无物存在，除了原子和虚空，其余皆为观点。"

这些手
把握？

那也曾是书写。
哪里？我们
用沉默覆盖了它，
用毒药让它安静，巨大，
一种
绿色的
沉默，萼片，一种
植物般的念头悬在那里——

绿色，是的，
悬挂，是的，
在诡计多端的
天空下。

悬挂——是的，
植物一样。

是的。
飓风，粒子——

飞旋，那里还有
时间留下，还想
用石头试一试——它
曾是殷勤的，它
不会插嘴。多么幸运
我们拥有了它：

多籽
多籽而且多筋。梗节
密集；
成团闪着光泽；多疙瘩，
块状型并且
分层次；碎裂，分——
枝——：石头，它
不曾插嘴，它
说话，它殷切地
对干燥眼睛说，在合上它们之前。

说话，说话。
曾是，曾是。

我们

将不让走开，站着
在这中央，一个
多孔隙巨物，而它
走来。

走向我们，走来
穿过我们，补缝着
不可见地，补缝
这最后的薄膜
和
这个世界，千面水晶[1]
发射，发射。

*

　　　　　发射，发射。
　　　　　　　　　　因而——

夜晚们，分解。循环，
绿或蓝，鲜红的

[1] 千面水晶为原子核的变化状况。策兰写这首诗时处于美苏核竞争时期。

方块：这
世界以它最深处的
与新生的时刻
打赌。——循环，
红或蓝，明亮的
方块，无
飞行的阴影，
无
测量台，无
冒烟的灵魂升起并加入。

*

升起并
加入——

在猫头鹰飞起之时，靠近
石化的麻风，
靠近
我们逃离的手，进入
这最后的扭曲
盘旋在

防弹壁之上，靠近
这掩埋的墙：

可被看见，再
一次：这
槽沟，这

颂诗班，回到那
赞美诗。Ho，ho——
Sianna。[1]

如是
仍有庙宇挺立。一颗
星
也许仍在发光。
无物
无物失去。

Ho——
Sianna。

---

[1] “Ho, Sianna”，《圣经》中的祷词助语，相当于“拯救我们，主！”

在猫头鹰飞离之时，这里，
有唠叨声，白昼发灰，
地下水的痕迹。

*

　　　　（——白昼发灰，
　　　　　　　　　　地下
　　　　　　　　　　　　水的痕迹——

驱送入
此地带
以
准确无误的
路线：

青草。
青草，
被分开书写。）

（芮虎 校）

《无人玫瑰》

(*Die Niemandsrose*，1963)[1]

---

[1]《无人玫瑰》为策兰中后期具有重要转折意义的一部诗集。1960年前后，因为“戈尔事件”的深重伤害和战后死灰复燃的反犹浪潮，策兰写下了《那里是词》《带着酒和丧失》《一首骗子和小偷的小曲……》《呼喝开花》《卫墙》等一系列带有激愤之情的诗篇，并不得不调整他与德语诗歌的关系，他要朝向一个“东方的、家乡的、反日耳曼的家园”，并执意于成为一个“偏词”(《带着来自塔露萨的书》)。这就是策兰为什么会把这部诗集献给曼德尔施塔姆(这是该诗集上的题献)。

在“带着伤害生活”的年月，策兰与定居在瑞典的犹太女诗人奈莉·萨克斯的书信联系和精神对话，也成为他重要的生命支撑，“在巴黎与斯德哥尔摩之间连接着一道悲伤的也是安慰的子午线”，这是萨克斯于1959年间写给策兰的话。一年后，“子午线”成为策兰毕希纳文学奖获奖致辞的标题。正是以这样的“子午线”，策兰重建了他的文学时空和精神谱系。德里达在谈论策兰创作的“犹太性”时，认为它是“一个暗码”，不是限定而是意味着“‘我们把它带上，我们把它带在我们身上’，‘我们去成为它’”。(Jacques Derrida: *Sovereignties in Question, The Poetics of Paul Celan*, Edited by Thomas Dutoit and Outi Pasanen, Fordham University Press, 2005.)这也就是我们在《无人玫瑰》中看到的：“‘我们把它带上’‘我们去成为它’”，不是某种简单的身份认同和回归，而是“创伤之展翅”，是生命的重铸和对话。

黑大地

黑大地。你——
黑大地，时光
之母
绝望：

一个从手和她的
伤口到你的
传递，合上
你的花萼。

如此多星座

如此多星座，执迷
于我们。我曾是，
当我看着你——何时？——
抛掷在外
被另外的世界们。

哦那些路，银河路，
哦这个时辰，为我们
把夜沉沉地放在
我们背负的名字上。我知道，
我们并不曾，
真的活过，盲目地
移动，不过是一阵呼吸
在这里和不在之间，而同时
我们的眼睛彗星般
飞逝在峡谷里，在那里熄灭，
燃尽它们自己，
而时间挺立着，奶头闪亮，
上面是那些已长大的
而向下和离开的，是所有

那些生者、逝者或来者——，

我知道，
我知道你知道，我们曾知道，
我们不知道，我们
曾在这里，我们其实不在这里，
而在那时候，
当我们中间仅仅隔着空无
我们就有了通向彼此的路。

从加冕中出来

从加冕中出来，
涌入夜。

在怎样的
星辰下！如此多
闪亮的银灰色心锤。而
贝尔妮克斯[1]的头发，也曾在此，——我编织过，
我又拆掉，
我编织，又拆掉，
我编织。

蓝色峡谷，进入你
我炼着黄金。也带上
在娼妓和荡妇那里荒废的
我来，我来。向你，
我爱。

而以诅咒和祈祷。以

[1] 贝尔妮克斯（Berenikes），古埃及女王。

每一根呼啸越过我的
棍棒：它们也
融为了一体，它们也
阴茎般向你勃起，
成束，成词。

带着名字们，那被每一次
流亡淋透的。
带着名字们和种子，
带着那些
在帝王的血杯中
浸泡过的名字，人啊，——从每一朵
犹太聚居区
硕大的玫瑰花萼里，你
看着我们，你在如此多
死于晨起而作的死中永生。

（而我们唱过华沙之歌[1]。
以变得细长的嘴唇，彼特拉克[2]。

[1] 这里指 1879 年的华沙革命歌曲。
[2] 彼特拉克（Francesco Petrarca，1304—1374），意大利诗人，其父曾和但丁一起流亡，他自己也曾经长期漂泊，最后客死他乡。

进入冻原之耳，彼特拉克。）

而一个大地升起，我们的，

这个大地。

而我们将不会

把我们人民的任何一个

送交给你，

巴别塔[1]。

[1] 巴别塔，又称巴比伦塔，都是“神之门”的意思。公元前586年，新巴比伦国王尼布甲尼撒二世灭掉犹太王国，拆毁犹太人的圣城耶路撒冷，将国王连同近万名臣民掳掠到巴比伦修建巴比伦城。

白昼

野兔皮毛的天空。甚至现在
一只清晰的翅仍在书写。

我亦如此，回忆你
尘埃的——
色彩，到达时
如一只鹤。

赞美诗 [1]

无人再次从大地和黏土里捏出我们，
无人给我们的尘埃施法。
无人。

赞颂你的名字，无人。
因为你的缘故
我们将绽放。
向着
你。

一个虚无
我们曾是，现在是，将来

[1] “无人”，策兰诗歌中经常出现的一个重要指称。在策兰这首诗中，“无人”为对一种更高存在的命名。约翰·费尔斯蒂纳在访谈《专注——灵魂的天然祷告》中称“无人”为策兰对上帝的“新定义”，他认为策兰的一生都体现了雅各与天使的角力，“对策兰来说，与语言搏斗的意象尤为重要，这意味着与黑暗搏斗，与不可言说搏斗，最终，与上帝搏斗，或者这至少带有一些与神圣权威和完美观念较量的意思。激烈的抗争致使他在《赞美诗》中称上帝为‘无人’。……对策兰而言，创造一个上帝的新定义，亦即‘无人’，可看作是他消极的转变，但同时，这也是一种积极的行为。为何这样看？首先你定义上帝即是承认上帝的存在，无论这是否消极；其次，你这样就把自己介入与上帝的对话中。像约伯一样去诅咒上帝，总好过于冷漠疏远，那正是策兰作为犹太人所体现的一面”。(“Attentiveness Natural Prayer of the Soul”: Interview with John Felstiner, Interviewed by Ilya Kaminsky.)

依然是，绽放成花朵：
这虚无——，这
无人玫瑰。

以
明亮灵魂的雌蕊，
荒废天国的雄蕊，
以紫词染红
的花冠，我们所唱的
越过，啊越过
那刺。

（芮虎 校）

那里曾是

那里曾是他们身内的大地，而
他们挖。

他们挖他们挖，如此他们的日子
离去，他们的夜。而他们不赞美上帝。
那个他们听到的，想要所有这些，
那个他们听到的，看到所有这些。

他们挖，再也听不到什么；
他们不会变得明白，不发明歌曲，
想起他们自己时没有语言。
他们挖。

寂静降临，然后风暴到来，
所有的海涌来。
我挖，你挖，虫子也在挖，
歌者如是说：他们挖。

哦人，哦没有人，哦无人，哦你：
当无处可去，又去哪里？

哦你挖，我挖，而我挖向你，

在我们的手指上戒指醒来。

（芮虎 校）

带着酒和丧失

带着酒和丧失，带着
这两者的残余：

我驰过了雪，你听到了吗，
我骑着上帝远——我骑着上帝
近，他唱，这是
我们最后的骑驰，越过
人类的圈栏。

他们躲闪当他们听见
我们越过他们的头顶，他们
写下，他们
在我们的马嘶声中
用他们带插图的行话
撒谎。

手——

手——
一般的，阴影
和草的叶片
一起耸现。

即刻——绝望，你
陶工！时光提供
黏土，即刻
泪珠获得形状：——

再一次，以深蓝的圆锥花序
它给我们镶边，这新的
今天。

冰，伊甸园

那是一个叫“丧失”的地方，
月亮在它的芦苇间变圆，
那里和我们一起死于霜寒的
发出白热，并且看见。

它看见，因为它拥有眼睛，
每一只眼是明亮的大地。
夜，夜，碱液。
它看见，视力的孩子。

它看见，它看见，我们看见，
我看见你，你也看见。
冰将从死者中升起
就在这时辰结束之前。

（芮虎 校）

曼多拉 [1]

在杏仁里——什么站在杏仁里?
虚无。
在杏仁里站着虚无。
那里它站立，站立。

在虚无里——谁站在那里? 王。
那里站着王，王。
那里他站立，站立。

　　犹太人的卷发，你不会变灰。

而你的眼睛——你的眼睛站向哪里?
你的眼睛对着杏仁。
你的眼睛，对着虚无。
它因为王而站立，
如此它站立，站立。

[1] 曼多拉（Mandorla），意大利语，指圣像头上杏仁状的光环。

人类的卷发，你不会变灰。

空洞的杏仁，王的深蓝。

（芮虎 校）

它已不再

它已不再
是这种
沉重，
和你一起同时
浸入时间。它是
另外的东西。

它是重量，拽回了空虚，
它将
伴随你。
像你，它无以名之。也许
你们是同一个。也许
有一天你也将这样
唤我。

Anabasis [1]

这个

写在墙壁间的狭窄标志

不可逾越之真实

向上与返回

朝向心亮的未来。

那里。

一个音节

之痣，海之

颜色，远远地

进入不可通航。

于是：

浮标，

忧愁的攀越之浮标

带着这些

[1] 诗题“Anabasis”，取自古希腊史学家色诺芬半自传体名作 *Anabasis*（中文译为《长征记》）。法国著名诗人、1960 年诺贝尔文学奖获得者圣 · 琼 · 佩斯（Saint-John Perse，1887—1975）也曾以“*Anabasis*”为题写下了他的著名长诗（中文译为《阿纳巴斯》或《远征》）。

呼吸的反射跳跃和

转瞬的可爱——：光——

钟声般响彻（咚——

叮咚——，嗡——，

其中，气喘吁吁

之心脏[1]），

重又

租用，重又

赎回，我们的。

可看见，可听见，这

变得更自由的

帐篷之词们。

在一起。

---

[1] 原文系拉丁文引语“unde suspirat / cor”。

带着所有的思想

带着所有的思想，我
走出世界：而你曾在那里，
你，我寂静的，敞开的一个，你——
接纳我们。

谁在说
一切都为我们死去
当我们的眼睛翻白？
一切都已醒来，一切开始。

看，一个太阳漂流而来，明亮，
一个灵魂与另一个相对，清澈，
熟练地，他们的沉默
为太阳绘制出轨迹。

轻松地
你叉开大腿，平静地
一团呼吸升向太空，
而它积为云层，这是不是，
来自我们的形状，

是不是

像那个名字一样好？[1]

[1] 德国哲学家奥托·波格勒（Otto Poggeler）认为“那个名字”即“上帝之名”。（奥托·波格勒《海德格尔哲学和策兰诗歌中的神秘元素》，*Word Traces: Readings of Paul Celan*, the Johns Hopkins Press, 1994, p89.）

哑默的秋之气息

哑默的秋之气息。这
雏菊，未摘的，曾走在
家乡与深谷之间，在
你的记忆里。

一个陌生的遗失曾是
伸手在即的赠礼，几乎
你将
拥有生命。

十二年

那些真实的
变得真实的
诗行：……*你在*
巴黎的房屋——成了
你双手的祭坛。[1]

呼吸三次穿过，
闪耀三次穿过。

…………

而它正在变哑，变聋
在我的眼后。
我看见了毒花，在
每一个词语和形状中。

去。来。

[1] 引诗见收入在《罂粟与记忆》（1952）中的《一次旅行》一诗。

爱熄灭了它的名字：却

归咎于你。

（芮虎 校）

Les Globes [1]

在这倾斜的眼睛里——请看：

这太阳，心的轨迹，这种
嗖嗖作声，可爱的徒劳，
这死亡和所有
从中诞生的一切。这
一代代的链条，那些
埋葬在这里或依然
悬挂在苍穹或深渊边沿的
人，所有这些脸孔上的
笔迹，嗖嗖地钻入词沙——小小的永恒，
音节。

所有这一切，
甚至最沉重的，都插上了
翅翼，无物
可以挽回。

（芮虎 校）

[1] 法文：地球，地球仪。

安息日

在一条线上，在
那唯一的
线上，在那上面
你纺着——被它
绕着纺进
自由，绕着
纺进束缚。

巨硕的
纺锤站立
进入荒地，树林：来自
地下，一道光
编入空气的
垫席，而你摆出餐具，为那些
空椅子，和它们
安息日的光辉——

在屈身之中。

明亮的石头

这明亮的
石头穿过天空，这淡
白色，灯的——
使者。

它们将
不下降，不溅落
不碰击。它们打开
上升
像这树篱上的
野蔷薇，像它们一样展开，
它们飞旋
朝向你，我宁静的你，
我真实的一个——：

我看到了你，你采下它们，以我
新生的，我的每一个人的
双手，你把它们置入
再度明亮中，无人
再为它哭泣或命名。

发生了什么？

发生了什么？石头离开了山坡。
谁醒来了？你和我。
语言，语言。相随的星。另一个地球。
更贫穷。敞开。犹如家乡。

去哪里？向着那未平息的。
与石头同行，与我们两个。
心和心。曾经太沉重。
渐渐更沉。渐渐更轻。

我砍来了竹子

我砍来了竹子：
为你，我的儿子。
我已活过。

这间小屋明天
将被拆散，它现在
挺立。

我不曾参与建造：你
不会知道，以怎样的容器
我使沙子围绕着我，在那时，
依照命令与戒律。而你的家
来自旷野——它一直
敞开着。

竹茎会在这里扎根，明天
将依然挺立，无论你去哪里
它的魂灵都会与你
无拘地嬉戏。

下午，和马戏团及城堡在一起

在布雷斯特[1]，在火圈前，
那儿老虎越过，在大帐篷里，
那儿，有限性，我听见你歌唱，
那儿，曼德尔施塔姆，我看见你。

天空悬在停泊场之上，
海鸥悬在起重机之上。
有限性在唱什么，什么是命定——
你，炮艇，被称为“猴面包树”[2]。

我向法国的三色旗致礼
用一个俄语词——
丧失曾是在家，
心是一个设了防的堡垒。

（芮虎 校）

[1] 布雷斯特（Brest），法国西部海港城市。
[2] 猴面包树，多见于非洲和澳大利亚，生命力强盛。

你的存在

你的存在
在这暗夜里解脱了。
我以词语招魂，你就在那里，
一切都是真实的并等待
成为真实。

就在我们的窗前
豆藤在攀爬：想一想
谁就在我们身边生长
并且观看。

上帝，所以我们读着的，仅是
逃逸的部分或第二手：
在死亡中
所有这些被刈去
而他使自己圆满成长。

去那里
目光引导着我们，
带着这

留存的一半

我们保持着联系。

图宾根[1]，一月

眼睛说服了

盲目。

他们的——“一个谜是

纯粹的

起源”[2]——，他们的

漂移不定的

荷尔德林塔，盘旋着海鸥的

记忆，

醉溺的木匠访问

这些

淹没的词：

会来，如果

会来一个人，

会有一个人步入世界，在今天，带着

[1] 图宾根（Tübingen），德国南部古城，荷尔德林、黑格尔、谢林等都曾在此上大学。荷尔德林晚年精神疯癫期间（1806—1843）一直住在该城一位好心的木匠家，直到逝世。现在，这座位于涅卡河边的“疯诗人之屋”被称为“荷尔德林塔”（Hölderlin Tower）。

[2] 引自荷尔德林的诗句。

族长的那种
稀疏胡须，他可以
如果他谈论这个
时代，他
可以
只是咿咿呀呀地
总是，总是，
更多更多。

（“Pallaksch. Pallaksch”[1]）

（芮虎 校）

[1] 荷尔德林晚年精神疯癫期间常说这个词，有时意味着是，有时意味着不，有时什么意义也没有，只是一声“哇啦哇啦，哇啦哇啦”。

炼金术

沉默，如熬炼过的金子，在
炭化了的
手中。

大，灰色
姐妹般的形状
几近像所有的丧失者：

所有名字，所有这些
和残余一起焚烧的
名字。如此多的
灰烬被祝佑。如此多的
地盘被赢回
在
轻之上，如此轻的
灵魂的
戒指。

大，灰色。没有
余渣。

你，那么。

你和这苍白的

咬开的蓓蕾一起，

你在酒的洪水中。

（不是吗，我们也

被这座钟摒弃了？

好吧，

好吧，让你的词死在这里）

沉默，如熬炼过的金子，在

炭化的，炭化了的

手中。

手指，烟缕一样。像冠饰，在空气中

绕着——

大，灰色。失去——

踪迹。

重又——像国王

一样。

聚为一体

二月十三日。示播列
在心口被唤醒。跟随你，
巴黎的
人民。*No Pasaran*[1]

小羊在左侧：他，阿巴蒂埃斯，
从韦斯卡[2]来的老人，带着狗
经过田野，流亡
旅途上有人类高贵的
白云，他把我们需要的话
递到我们手里，里面有
牧羊人的西班牙语。

在“阿芙乐尔”巡洋舰[3]的冰光中：
这兄弟般的手，挥舞着
那来自膨胀词眼的

[1] “No Pasaran”，西班牙内战时期共和国军的暗语，意为禁止通过。
[2] 韦斯卡（Huesca），西班牙古城。
[3] “阿芙乐尔”巡洋舰，十月革命的象征，1917 年十月革命前夕，停泊在彼得格勒（现圣彼得堡）涅瓦河畔的“阿芙乐尔”巡洋舰接受革命军事委员会的指示，开炮发出进攻冬宫的信号。

饰带——彼特罗波里斯[1]，这
不可忘怀的流浪城市，也将
像托斯卡纳[2]那样置于你心上。

给茅舍以和平！[3]

（芮虎 校）

[1] 彼特罗波利斯（Petropolis），彼得堡人对彼得堡的惯称。曼德尔施塔姆在1918年所作的哀歌《一簇光亮在可怕的高处游移》中曾反复以这个名字来咏叹故乡城市。这一年，彼得堡不再作为俄国首都。

[2] 托斯卡纳（Tuscany），意大利的一个大区，首府为佛罗伦萨。托斯卡纳以其美丽的风景和丰富的艺术遗产而著称于世，它也是但丁的故乡。

[3] 语出德国剧作家、诗人格奥尔格·毕希纳（Georg Büchner，1813—1837）著名的政治宣言。

苏黎世，鹳雀旅馆[1]

——给奈莉·萨克斯

我们谈论过多，谈论
太少。谈着你
和依然的你，透过
明亮的混沌，谈及
犹太性，谈论
你的上帝。

从
这一切。
升天的日子，大教堂
矗立在那里，它从水上
带来一些金子。

我们谈论你的上帝，我曾

---

[1] 策兰与定居在瑞典的犹太女诗人奈莉·萨克斯（Nelly Sachs，1891—1970）从 1957 年起开始书信联系。1959 年春，萨克斯获德国梅尔斯堡德语女作家奖，由于早年逃离柏林的可怕记忆，她不愿在德国过夜，决定住在瑞士苏黎世，然后坐火车到梅尔斯堡领奖。该年 5 月 26 日，策兰一家专程到苏黎世看望萨克斯，那一天正是耶稣升天节，大教堂“矗立在那里，它从水上/带来一些金子”。但是，策兰所深受的精神创伤却难以平复，他那好以与上帝争辩的“约伯式”的姿态，也有别于萨克斯的虔信。

冒犯他，我让
我曾经怀有的心，
抱以希望：
为他的
至高无上，为死亡之噪音，为他的
抱怨声——

你的眼睛看着我，越过我，
你的嘴
在与那眼睛交谈，而我听到：

我们
真不知道，你知道，
我们
真不知道，
什么
还管用。

（芮虎 校）

那里是词[1]

那里是词，未死的词，坠入：
我额头后面的天国之峡谷，
走过去，被唾沫和废物引领，
那伴随我生活的七支星花[2]。

夜房里的韵律，粪肥的呼吸，
为意象奴役的眼睛——
但是：还有正直的沉默，一方石头，
避开了恶魔之梯。

[1] 该诗写于1960年前后，可视为策兰对克莱尔·戈尔之流的一个回答。
[2] “七支星花”，让人联想到犹太教的七支烛台，烛台中间一支略高，代表安息日，其余六支代表上帝创世的六天。它已成为犹太教的神圣徽号。

一些三，一些四[1]

皱薄荷，薄荷皱，
在屋前，在屋后。

这时辰，你的时辰，
你的和我的嘴要押韵。

以嘴，以它的沉默，
以那些不屈的词。

以那轻的，以那重的，
以所有灾难的临近。

以我一人，以我们三个，
一半被捆绑，一半自由。

薄荷皱，皱薄荷，
在屋前，在屋后。

---

[1] 该诗运用了诗人从小熟悉的罗马尼亚民歌，也包含了与奈莉·萨克斯的对话。萨克斯在来信中曾称策兰一家三人为“神圣家族”。

一首骗子和小偷的小曲
由来自萨达格拉附近的泽诺维茨[1]的
保罗·策兰所唱
于巴黎蓬图瓦兹[2]

“只是现在和那时，在黑暗时代”

——海因里希·海涅《致以东》

从前，当他们还有绞架时，
从前——对吗？——他们有一个
高高的。

而我的胡须去了何处，风？何处
是我犹太人的标记，何处
是被你们拔去的我的胡须？

---

[1] 泽诺维茨，策兰故乡，历史文化名城，原属奥匈帝国布考维纳首府；萨达格拉（Sadagora），策兰母亲的出生地，靠近泽诺维茨。按通常表达应为“泽诺维茨附近的萨达格拉”，策兰有意做了改变。

[2] “于巴黎蓬图瓦兹”，取自法国中世纪诗人弗朗索瓦·维庸（François Villon，1431—1474）被判绞刑后（后改为逐出巴黎）写的一首诗：“我是弗朗索瓦，这名字让我沉重，/ 生于巴黎蓬图瓦兹。/ 当我的身体在绞索上晃荡，/ 脖子会知道屁股的重量。”其实蓬图瓦兹离巴黎尚远，不属于巴黎市区。该诗长长的题目和全诗都寄寓了策兰对反犹浪潮和克莱尔之流的激愤。

弯曲，我走过的路
是弯曲的，是的，
因为，是的，
它曾是笔直的。

嗨–呀。

弯曲，所以我的鼻子也是
一个弯钩。

而我们将前往弗留利[1]。
那里我们会有，那里我们会有。
因为杏树已经开花了。
杏树，塔木德树[2]。
杏仁梦，陀螺梦。
还有阿勒曼德树[3]。
勒曼德树。

---

[1] 可能是指意大利弗留利–威尼斯朱利亚大区（Friuli-Venezia Giulia），意大利拥有特殊法律的5个自治大区之一。

[2] “塔木德树”，这是策兰的词语组合，由犹太教法典《塔木德》(*Talmund*)而来。

[3] “阿勒曼德树”，由“阿勒曼德舞曲”而来；阿勒曼德舞为德国16—18世纪的一种传统舞蹈，巴赫的作品中曾运用过阿勒曼德舞曲。

嗨–呀。

哼哼。

诗跋：

然而，

然而它发火了，那树。它，

它也要

站出来抵抗

瘟疫。

呼喝开花[1]

慢慢地——，慢慢地——，
慢慢地走在
词语小径和过道上。

而且——是的——
刑庭–诗人[2]的风箱
两栖，起泡，密语，信件
咝咝响的蛇信。
点缀出来
手——和手指上面的苔藓，
书写者
冠以先知之名，作为
开头，题词，后跋以及附录

[1] 原诗题为“Huhediblu”，诗中也出现有“hühendiblüh”，都属于策兰生造的词，它带着嘲弄的语气和某种接近于“开花”的含义，诗中也多处写到“开花”，且译为“呼喝开花”（中国古代官吏出行也有“呼喝开路”一说）。该诗显然是对克莱尔制造的“剽窃案”的回应，充满了嘲讽和激愤，但也显示了策兰因创伤所激发的语言创造力。

[2] “刑庭–诗人”，原文为“Feme-Poeten”，为策兰的双关语。“Feme”在德语中指过去诸侯时代王室法庭和私设的刑庭，但这里的“Feme”又会让人马上想到英语中的女性（策兰在该诗中多次混杂使用了英语和法语），所以“Feme-Poeten”也可译为“女诗人”——这显然指向了克莱尔，克莱尔也写诗，以诗人自居，和丈夫伊凡·戈尔多有合作。

落上那九月的从不属于人世的日期[1]——：

哦何时
何时开花，何时
它们盛开？说开就开
呼喝开花，是的，赫赫，这九月的——
玫瑰们？

嚯——杀人了……是的，何时？

何时，何何时
妄想，是的妄想，
兄弟
瞎了眼，兄弟
被弄瞎的兄弟，你读吧，
读读这个，这个：
完全——
不同——：何时

[1] 克莱尔从 1953 年 8 月起，开始不断把指控策兰“剽窃”的信件及相关“资料”寄给德、奥、英、法的众多作家、评论家、出版社、报纸杂志和电台编辑，按罗马尼亚裔法国哲学家齐奥朗的说法“某位诗人的遗孀出于文学上的嫉妒，在法国及德国发起了一场卑鄙得无法形容的攻击策兰的运动。”不过，诗中一再提到的“九月”，可能还暗含着其他指涉。

它们何时开花
哪里，哪里，什么
和谁？
活着活够了但还是活着，那
地轴声，忒路斯[1]，在她那
贴近地狱
听觉嗡嗡的
灵魂之耳中，那
轴音，深入在
我们里面
在那明星圈的居住地吗？因为
然而，它还在心中转动。

哦声音，哦
这哦之音，赫赫，
这 A 和 O，
嚯嚯——这些绞架——再次，发了疯地生长，

生长，在古老的

[1] 忒路斯（Tellus），罗马神话中的大地女神。

曼德拉草[1]走廊，
作为未修饰的修饰杂草，
像杂草一样，作为增补，作为附录，
加上——
一些形容词，去吧
去找人，找那些影子，
听到的都是
反驳
节庆的小甜点，没有更多了，——：

勤俭的，
当今的、与注册的
屠夫汉尼斯上班了，
社交的和不在场的魔灵，以及
那个胖朱尔琴，朱尔琴：
打起了饱嗝，
断头台也噎住了，——叫叫它（好亲热！）
甜心。

哦，何时再盛开，玫瑰们，你们的九月？

---

[1] 曼德拉草，即风茄（Mandrake），传说中的春药，可使不孕妇女怀孕。在《圣经·创世记》中，有对雅各的妻子利亚和拉结争抢风茄的描述。

闸

越过你所有的
哀悼：没有
第二个天堂。

…………

对一张嘴
为那曾是千万个词的
丧失——
我失去一个词
那留下给我的：
姐姐[1]。

对
崇拜众神
我失去一个来找我的词：
Kaddish[2]

[1] 一些研究者认为这里的“姐姐”指犹太女诗人奈莉·萨克斯。但策兰早期的《风景》一诗（收在《罂粟与记忆》中），也曾写到“姐姐”。

[2] 阿拉米语，意思是“神圣的”，为犹太人在悼亡时祈祷的结束语。

我必须

穿过水闸

为了把泄洪里的那个词

捞出，救回：

Jiskor[1]

（芮虎 校）

[1] 希伯来语，意思是“上帝纪念”，犹太人在礼拜时，失去父母的会众在别人默祷时大声讲出来的祷语。

西伯利亚[1]

弓弦之祈祷——你
不曾接受到，它们曾是，
你所想的，你的。

而从早先的星座中
乌鸦之天鹅[2]悬挂：
以被侵蚀的眼睑裂隙，
一张脸站立——甚至就在
这些影子下。

那微小的，留在
冰风中的
铃铛
和你的
嘴中之白砾石：

---

[1] 这应是一首献给曼德尔施塔姆的哀歌（实际上，策兰的整本诗集《无人玫瑰》就以“纪念奥西普·曼德尔施塔姆”作为题献）。因为很难了解铁幕下苏联的真实情况，策兰想象曼德尔施塔姆有可能死于西伯利亚（曼德尔施塔姆实际上于1938年底死于押送至远东流放地的中转营里），见本书附录《曼德尔施塔姆诗歌译后记》。

[2] “乌鸦之天鹅”（Rabenschwan）：策兰把“Rabe”（乌鸦）与“Schwan”（天鹅）拼在一起创造的一个意象。

也卡在

我的咽喉里，那千年——

色泽之岩石，心之岩石，

我也

露出铜绿

从我的唇上。

现在，碎石旷野尽头，

穿过蒲苇之海，

她领着我们的

青铜街巷，

那里，我躺下并向你说话，

以剥去皮的

手指。

一切，和你我料想的都不一样[1]

一切，和你我料想的都不一样，
旗帜依然飘着，
小小的秘密依然完整，
它们依然布下阴影——靠着它
你活着，我活着，我们活着。

银币在你的舌上熔化，
那是黎明的滋味，永恒的滋味，一条
通向俄国的路升入你的心，
卡列林[2]的白桦树
仍在
等待
奥西普的名字走向你，而你告诉他
他所熟知的，他收下它，他以双手收下它，
你从他肩上卸下手臂，右肩，左肩，
你把你自己的嫁接在上面，以手，手指，诗行。

——而那分开的，又长在一起——

---

[1] 这是策兰在翻译曼德尔施塔姆作品期间写下的一首长诗。
[2] 俄国西北部的一个地名。

现在你拥有它们，它们也拥有了你，你两者都拥有了，
名字，名字，手，手，
收下它们，把它们作为信物
他也收下了，而你再次得到
什么是你的，什么是他的，

风车

往你的肺里打入空气，你划过
运河，潟湖，穿行在城镇里，
以词语之光，
在船尾不问为何，在船头不问哪里，一只公羊角
　　举起你
——Tekiah！[1]——
像喇叭把夜色吹进白昼，占卜者
相互吞食着，男人
有他的和平，上帝
有他自己的，爱
回到床上，女人的
头发再次生长，

[1] 这个词为拟声词，为天使长号发出的声音。

她们乳房上的苞蕾
向内翻卷
再次露出，生命——
心灵，在你的手中
苏醒，沿着腰脊攀升——

它叫什么，你的国家
在山的背后，年月的背后？
我知道它叫什么。
像冬天的童话[1]，它被叫着，
它被叫着，像夏天的童话，
你母亲的三年之土地，[2]那曾是它，
那就是它，
它到处漂流，就像语言，
把它扔开，把它扔开，
然后你将再次拥有它，就像

---

[1] “冬天的童话”，出自海涅《德国，一个冬天的童话》。海涅于 1843 年 10 月回家乡看望母亲期间写下了这首对德国社会进行批判的长诗。策兰很早就受到海涅的影响。1959 年，他买了阿多诺的《文学笔记》，在其中的《海涅之创伤》中画满了标记，对海涅作为一个犹太诗人在德国被排斥的屈辱命运感同身受。1959 年 5 月 26 日，策兰到苏黎世看望奈莉·萨克斯后，又邀请她一起到巴黎小住，并一起访问了海涅在巴黎的墓地。

[2] 策兰的母亲在第一次世界大战期间曾在布拉格一带的波希米亚地区逃亡三年。

来自摩拉维亚[1]洞穴的
卵石，你的思想把它带向布拉格，
向着墓地，向着墓群，进入生命，
它已离去
很久了，像这些信，像所有的
灯笼，再一次
你必须去找它，它就在那里，
一件小事物，白色
环绕着角落，那就是它躺的地方
临近诺曼底–涅门–波希米亚，[2]
这里，这里，这里，
在房舍后面，在房舍前面，
白色，它是白色，它说：
今天——就在这个。
白色，它是白色，一道涌流——
找到它通过的路，一颗心的迸发，
一条河流，
你知道它的名字，河岸们
背负着日子，像这名字，

[1] 捷克波希米亚地区一地名。
[2] 诺曼底位于法国，涅门位于白俄罗斯，第二次世界大战东西线两次对德重要战役的所在地。

在你的手中，而它在溢出：

Alba[1]。

（芮虎 校）

[1] Alba，易北河的拉丁文拼法。易北河为贯穿捷克、德国，在汉堡入海的一条河流。策兰的母亲曾逃亡至易北河畔。“Alba”在拉丁文里含有“白”和“破晓”的含义。

根系，黑土[1]

当一个人对石头说话，像
你，
将我从深渊，从
一个故乡带到这里
抛出，结为
血亲，你，
从前的你，对我，
在夜的拒绝中的你，
在夜晚中的夜
相遇，你
还是——你——：

那时，我还不曾在这里，
那时，当你
独自走出耕作的田野：

谁，
谁曾在这里，那个

[1] 原诗题“Radix, Matrix”，为拉丁文。

族群，被谋害的，那一道
耸入天空的黑暗：
枝干和睾丸——？

（根。
亚伯拉罕的根。耶西的根。[1]无人
之根——哦
我们的。）

是的，
当一个人对石头说话，像
你
以我的手
刺入虚无，如此，
这里也正如此：

甚至这张
孢子床也裂开了，
它
向下

[1] 亚伯拉罕、耶西都是犹太人的祖先。

为一朵怒放的

花冠。

（芮虎 校）

尖端[1]

矿石裸露，水晶，
晶洞。
尚未书写之物，硬化
进语言，铺展下
一个赤裸天空。

（向上抛起，暴露，
交错，我们
也如此躺下。

曾经在它的门前，门牌
装饰有
被杀害的白垩星：那是一只
阅读之眼？如今拥有了它。）

道路通向那里。
沿着时间森林
咕咚响的车辙延伸。

[1] 原题目为法文“A la Pointe Acérée”。

采——

集

小小的、开裂的

山毛榉坚果：黯然

洞开，被

指头的思想们询问

询问——

什么？

关于

不可重复，关于

它，关于

一切。

咕咚响的车辙通向那里。

某物，可移动，未打招呼

当一切变成心灵，

来了。

（芮虎 校）

泉水泼溅

你们祈祷，你们亵渎，你们
来自我的沉默的
锋利的
祈祷的刀刃们。

你们，我的残废的词语
和我一起，你们
我的喷溅的词语。

而你们：
你们，你们，你们
我的晚玫瑰们
因日常的摧残而真实并且
更真实了——：

多少，哦多少个
世界。多少条
歧路。

你们拄杖，你们翅膀。我们——

而我们将唱起，呀呀唱起，

你听到了吗，从小那一支

恍惚也有人，有人类的，那一支歌

带着灌木丛，带着

一对眼睛，它们已躺在那里

作为泪水—和—

泪水。

漂砾

夜晚们钻入
你的眼睛，嘴唇
采集的音节——
可爱的无声的穹隆——
帮助缓移的星
进入它的戒指。曾经
靠近鬓角的石头，现在打开：

我的灵魂，你曾经
是那么漫不经心地
在以太中，和其他的
太阳们一起。

克尔摩旺[1]

你小小的百金星花，
你桤木，山毛榉，蕨草：
靠近你们我才走向遥远，——
以这个圈套，我们编织家乡。

桂樱串黑晶晶地悬挂，
旁边是长胡须的棕榈。
我爱，我希望，我信，——
小小的海石枣裂开。

这句箴言向谁说？向它自己：
为神仆，即主人，[2]——我可以
读它，我可以，豁然开朗，
从“迷魂阵”里出来。

（芮虎 校）

---

［1］ Kermorvan，法国布雷斯特城堡名，策兰曾在此度假。
［2］ 箴言出自克尔摩旺城堡徽盾。

卫墙 [1]

拆除这呼吸的硬币吧，[2]
从围绕着你与树的空气中：

如此
多的
索取，在心坎路上
希望向上与向下
要付出的——如此
之多

就在拐弯处，
他遇上了面包之箭，
而它曾饮过他的夜酒，那
愁苦之酒，让国王不眠的

[1] 原标题“La Contrescarpe”为法语，指堡垒外的卫墙。邻近巴黎拉丁区就有一处“卫墙广场”（Place de La Contrescarpe）。这也是策兰自己早年到法国留学期间会见生活在附近一带的舅舅（后来他作为法国犹太人被押送到奥斯维辛并死在那里）、他于 1948 年 7 月从维也纳流亡到巴黎后首先落脚的地方。读完全诗，再来看“卫墙”这个标题，我们会感到它已成为一个隐喻，一个和德国诗学“密封诗”（hermetisches Gedicht）这个概念有关的隐喻。《卫墙》是策兰一生的写照，而又用了一种看上去是高度“密封”的方式。一道坚固的语言卫墙矗立在那里，既敞开又封闭，自成一个诗的世界。

[2] 按犹太人习俗，为超度亡灵，在死者嘴里会放入一枚银币。

夜酒。

那双手没有来吗，带着它所值守的夜，
和幸福
浸入它们的苦杯深处，
它也没有来吗？
那长睫毛的三月芦苇，
几乎带着人的声音，曾经发亮，
从那遥远处？

那只信鸽[1]迷了路，她的脚环
被译解了吗？（所有围绕她的
云团——易懂。）鸽群
允许她吗？它们是否理解，
并接着飞，当她尚未归来？

屋顶石瓦之船台，——航行
已由鸽子的龙骨备下。血的讯息
从舱壁渗出。过期的日子

[1] “信鸽”和第六节的“船台”都指向了挪亚方舟的传说。挪亚从方舟中放出鸽子查看洪水，而在这首诗中，鸽子并没有衔着橄榄枝归来，却以自己的龙骨作为献祭。这是策兰作为大屠杀的幸存者对古老神话所做出的最悲痛的改写。

就那样年轻地下水了：

经由克拉科夫
你到达，在安哈尔特——
火车站，[1]
你遇见了一缕烟，
它已来自明天。[2]在
泡桐[3]树下，
你看见刀锋林立，再一次
因距离而闪光。那里的人们
在蹦跳。（七月
十四个，另外再加九个多）[4]

---

[1] 安哈尔特火车站（Anhalter Bahnhof），位于柏林的一座老火车站，也是当年犹太人逃难或被驱逐、押送的主要火车站，二战末期在战火中被毁，仅有一面主墙留存。

[2] 这里记录了一个历史时刻：1938 年 11 月 9 日，尚 17 岁的策兰前往法国读医学预科，"就那样年轻地" 进入了命运的轨道。他乘火车从波兰克拉科夫启程，穿越德国前往法国，经过安哈尔特火车站时——也许正出于命运的 "友情"，遇上了纳粹分子疯狂捣毁犹太人商店、焚烧犹太教堂的 "水晶之夜"。因为到达柏林时已是 10 日凌晨，处在 "今夜" 与 "明天" 之间，所以他这样写道："你遇见了一缕烟 / 它已来自明天"。

[3] 泡桐（Paulownien）这个树名和策兰的名字 "Paul" 有关。

[4] 原文为法语。括号内那一组令人难以破译的 "密码"："七月 / 十四个，另外再加九个多"。但是，从策兰的人生经历中，我们仍可以找到一些线索：该诗写于 1962 年 9 月，自 1948 年 7 月由维也纳流亡法国起，诗人在巴黎已度过十四个七月了。另外，自 1948 年 7 月上溯至 1938 年 11 月他第一次来法国留学，这其间也有九年多的时间。这一组奇特的数字被引入括号，可以视为是诗人在为其记忆 "加封"。

那横穿的，装蒜的，龇牙咧嘴的
全在冲你上演。裹着
带铭文的绥带，吾主
也在人群中出现。他拍下
一张小巧的
纪念快照。
那自动快门，就曾是
你。[1]

噢，这份——
友情。但，再一次
你知道你所到之处，还是那
精确无误的
水晶[2]。

[1] “那横穿的、装蒜的、龇牙咧嘴的……”这种策兰笔下的反犹狂热，让人联想到阿伦特所说的“平庸的恶”。在这一节诗里，甚至对“主”的描绘都充满了嘲讽。

[2] 诗最后的“水晶”，让人联想到诗人所曾目睹过的“水晶之夜”，但它也更神秘。它就是诗人全部命运的结晶。

带着来自塔露萨的书[1]

所有诗人都是犹太人[2]

——玛琳娜·茨维塔耶娃

来自
大犬星座[3]，来自
其中那颗明亮的星，和那
低矮的光晶，它也一起
映射在朝向大地的道路上，

来自
朝圣者的手杖，也在那里，来自南方，异乡
并临近夜晚之纱，
就像那些未安葬的词语，

[1] 1962年9月，策兰在巴黎收到《塔露萨作品集》（“Tarusa Pages”，由苏联作家、批评家康·帕乌斯托夫斯基在“解冻时期”编选，1961年出版），该作品集收有茨维塔耶娃41首诗。塔露萨为莫斯科以南上百公里以外奥卡河边的一个艺术家小镇，茨维塔耶娃父母在那里有一处夏季别墅，茨维塔耶娃在那里度过了童年和少年。策兰读到茨维塔耶娃的诗歌后十分振奋，他本来想翻译一些，转而写下了这首充满激情的长诗。

[2] 原引诗为俄文，出自茨维塔耶娃《终结之诗》第12首：“在这基督教教化之地 / 诗人——都是犹太人！”

[3] 大犬星座为先民迷信的神秘星座。诗中“明亮的星”及“低矮的光晶”指其座内的天狼星和白矮星。明亮的大犬星座高悬于前方，那是命运的定位，是对“天赋”的昭示，也是诗人对自身起源的辨认和回归。

漫游于

抵及的目标、墓碑

和摇篮的禁地。

来自

真实-预言的和走向你的事物，

来自

那向上诉说的，

已陈放在此，如同

一片独自的心石，吐出

与那牢不可破的钟表一起

向外吐出

乌有之乡和非时间。来自

滴答和滴答声，在

砾石立方中，

回到猎狗的足迹后，

向上可追寻

祖先的

名字

谱系和它的

圆形深渊。

来自

一棵树，一棵。

是的，也来自它。来自围绕它的森林，来自

未步入的森林，来自

那长出思想的地方，作为语音

半音、切换音和尾音，斯堪特人式的[1]

混合诗韵

以太阳穴的被驱送的

节奏

以

呼吸过的被践踏的

草茎，[2]写入

时间的心隙——写入国度

那个最辽阔的

国度，写入那

伟大的内韵

越出

无言民族的区域，进入你

---

[1] “斯堪特人式的”：斯堪特人为古代移居在黑海以北、俄罗斯以南的游牧民族，所在区域包括策兰的出生地一带。这是一个不同语言文化相混杂的辽阔地带，而策兰自己的诗也注定是一种“混合诗韵”。

[2] “被践踏的 / 草茎”，这也是对策兰自己《紧缩》一诗中“青草。/ 青草，/ 被分开书写”的再次呼应。

语言的衡度，词的衡度，家园的
衡度–流亡。

来自这棵树，这片森林。

来自那座桥
来自界石，从它
他跳起并越入
生命，创伤之展翅
——从这
米拉波桥。[1]
那里奥卡河不流淌了。*怎样的*
爱啊！[2]（西里尔的字母[3]，朋友们，我也曾
骑着它越过塞纳河，
越过莱茵河。）

来自一封信，来自它。

---

[1] 米拉波桥为塞纳河上的一座桥，这对策兰来说是生死之界（他后来也正是从这里投河自尽的），在策兰诗歌中也贯穿着一种“孵化”的生命哲学，因而我把原诗中的“flügge von Wunden”译为“创伤之展翅”。

[2] 这里的原文为法语，出自阿波里奈尔的名诗《米拉波桥》。正是爱，那满怀伤痛的爱，使茨维塔耶娃的奥卡河来到了米拉波桥下，并变得不流淌了，“怎样的爱啊！”似乎是诗自身发出了这样的感叹。

[3] 西里尔字母，由希腊文演变出的几种斯拉夫语言。策兰曾翻译过多位俄语诗人的作品，使它们“越过塞纳河，/ 越过莱茵河”。

来自一书信，东方来信。[1] 来自坚硬的、
细微的词丛，来自
这未装备的眼，它传送至
那三颗
猎户座腰带之星——雅各的
手杖，[2] 你
再次行走了起来！——
行走在
这展开的天体海图上。

来自桌子[3]，让这一切发生的桌子。

来自一个词，词丛中的一个
靠着它，桌子，
成了帆船板，从奥卡河
从它的河水们。[4]

[1] “东方来信”，也许是来自东方家园友人的信，但从诗的意义上，也是来自曼德尔施塔姆的“瓶中信”。
[2] 雅各的手杖，在犹太民族中被视为爱和神迹的象征。
[3] 1933 年间，茨维塔耶娃在流亡巴黎期间曾写有《书桌》组诗。
[4] “河水们”（Wassern），据原诗复数形式译出。

来自一个偏词[1]，那
船夫的嚓嚓回声，进入夏末的芦管
他那灵敏的
桨架之耳[2]：

Kolchis.[3]

（芮虎 校）

[1] “偏词”：就像策兰所杜撰的“晚词”（Spätwort）一样，策兰把“Neben”（在旁边的，邻近的，紧靠着的，分支的，并行的，补充的）和“Wort”（词）拼在一起，构成了这样一个复合词。策兰创造了这个词，不仅将语言陌生化了，它也成了他与茨维塔耶娃的一个“接头暗号”。

[2] “桨架之耳”：“Dolle”本来是固定船桨的耳形座架，策兰把它转化为了一个诗歌隐喻。

[3] Kolchis，科尔喀斯，古希腊传说中的王国，位于黑海之滨，英雄伊阿宋曾乘船到那里取金羊毛。另外，Kolchis 也和策兰所喜欢的秋水仙花类（Kolchizin）发音接近。为保留原诗的丰富含义，这个词未译。全诗最终把我们带向“Kolchis”，它是历史和语言中的存在，但它又是神话的、终极意义上的。它昭示着一种穿越边界、穿越现实与神话的永恒回归。

《换气》[1]

（*Atemwende*，1967）

---

[1]《换气》收入策兰1963年9月至1965年9月两年间写的80首诗。在毕希纳奖获奖演说《子午线》中，策兰宣称："诗，也许可以意味着一种换气，一种我们呼吸的转换。谁知道，也许诗歌所走的路——艺术之路——就是为了这种换气？"《换气》中的大多数诗作即是策兰在经历了"戈尔事件"的伤害和创作调整之后"换气"的结晶。

对于策兰的"换气"，会有多种读解。呼吸，这是生命最内在的行为，是生命之所以维系和更新的依据，在策兰这里，也是诗作形成自身的吐纳和节奏的依据，甚至是生命得以重新获得的依据。曼德尔施塔姆流放在沃罗涅日期间也曾写有这样的诗句："当我重新呼吸，你可以在我的声音里/听出大地——我的最后的武器……"

曼德尔施塔姆的"当我重新呼吸"，也就是策兰的"换气"。《策兰散文选》的编译者沃尔德罗普指出："对策兰来说，语言就是呼吸，是生命，是'方向和命运'；而诗歌，带走我们的呼吸，又让它返回并让我们存活下去。就像通常的换气，如我们所知，在某种程度上，吸气和呼气不断地变换使我们得以体验空气的存在与缺席，体验到我们生命的条件和最终结束这一切的'他者'"（*Paul Celan: Collected Prose*, Translated by Rosemarie Waldrop, Carcanet Press, Manchester, 2003.）。伽达默尔在解读《换气》中的诗时，也曾指出："……策兰不仅把呼吸的转换时刻——呼吸的暂时回转与平静的自制联系起来，同时他也允许低沉的希望带着每一份回复返回并发出共鸣。……事实上，这本诗集中的诗作都如'换气'那样寂静、可感。它们提供了对于生活最终的压缩的证明，同时，也代表了一种新生的复发的决心，或者更恰当地说，不是它的决心，而是达到可靠的语言形式的提升。"（Hans-Geory Gadamer: *Gadamer on Celan: "Who am I and Who are you?" and other Essays*, Translated by Richard Heinemann and Bruce Krajewski, State University of New York Press, 1997.）

你可以

你可以充满信心地
用雪来款待我：
每当我与桑树并肩
缓缓穿过夏季，
它最嫩的叶片
尖叫。

在这未来北方的河流里

在这未来北方的河流里
我撒下一张网，那是你[1]
犹豫地为它加重[2]
以被石头写下的
阴影。

---

［1］该诗和《换气》其他一些诗中的“你”，往往指向了策兰的妻子、蚀刻版画家吉瑟勒。在那些艰难岁月里，策兰夫妇在精神上相互依靠，也在艺术上相互激励。他们曾合办过诗画联展，策兰于 1965 年作为收藏本出版的《呼吸水晶》（为《换气》第一辑中的 21 首诗），就配有吉瑟勒的蚀刻铜版画。

［2］伽达默尔在解读这首诗时指出：“犹豫所形容的是‘你’填充渔网时的动作。为了使渔网负重，就不能放太多的石头也不能放太少：太多，渔网会下沉；太少，渔网就会漂浮起来。正如渔夫们所说，渔网必须‘立起来’……不管怎么说，这个充满美感的具体过程被巧妙地提升到想象和精神的高度。”（Hans-Geory Gadamer: *Gadamer on Celan: “Who am I and Who are you?”and other Essays*, Translated by Richard Heinemann and Bruce Krajewski, State University of New York Press, 1997.）

灰白的凿穴

灰白的
凿穴，陡峭的
感觉。

朝向陆地，沙丘之草
在这里摇曳飘送
沙的曲线渐渐淹没了
喷泉歌的清烟。

一只耳，被割下，倾听。

一只眼，被切成细丝，
与这一切相称。

晚木的日子

晚木的日子，在
布满天空的叶脉下。顺着
大花粉囊的懒惰时光攀爬，在雨中，
这黑蓝的
思想的甲壳虫

出动物血的词语
拥挤到它的触须前。

在踩踏的

在踩踏的
标志前，在
词薄膜油帐篷里，在
时间的出口，
呻吟声在光中
消隐
——你，国王的空气，钉在
瘟疫十字架上，[1]现在
你绽开——
气孔眼睛，
蜕去疼痛的鳞，在
马背上。

[1] 1964年间，策兰经过科隆，想起中世纪在科隆发生的一场大瘟疫，写下此诗。在那场灾难中，科隆的犹太人作为祸因惨遭集体屠杀。科隆圣玛丽亚教堂至今仍存有“瘟疫十字架”。

淤泥渗出

淤泥渗出，之后
岸草沉寂。

还有一道水闸。在
树瘤塔上，
你，浸透了咸味
流入。

在你面前，在
巨大的划行的孢子囊里，
仿佛词语在那里喘气，
一道光影收割。

你，这从嘴唇采来的

你，这从嘴唇采来的
头发，和炫目的
酣睡混在一起：
以细线恰好穿过
歌唱的灰烬针的
金耳。

你，这从咽喉撕出的
词结，以一种
光，
被针和头发穿过，
在行进，行进。

你的逆转，连续地，围着
七个指头的——
吻手，在那
幸福的背后。

牛吼器 [1]

牛吼器，嗖嗖地进入光，真实
运送着词。

远处，海岸的
斜坡向我们隆起，
一阵黑暗
一千重的光——这
复活的房子！——
唱。

一丛冰刺——我们也
被召唤过——
收集音调。

[1] 牛吼器，以铜锣等系上木片扔出的一种玩具。

沙漏

沙漏[1]，深入
芍药的阴影中，埋葬：

当思想来到
圣灵降临的小径，最终，
它继承了那个帝国，
那里你陷入泥沼，嗅着。

[1] 沙漏，玻璃容器，上部的沙子经一小孔漏到下部。

你的梦

你被你自己的梦顶醒。
以开槽的词痕
十二次
螺旋形进入
它的犄角。

它发出的最后触顶。

向上摆渡——
在
垂直、窄狭的
日子裂隙里:

把
创伤的阅读运送过去。

再没有沙的艺术

再没有沙的艺术，没有沙书，没有大师。

没有什么被骰子赢回。[1]多少
哑了的？
十七个。[2]

你的问题——你的回答。
你的歌，什么是它知道的？

Deepinsnow，
　　　　　　Eepinnow，
　　　　　　　　　　　　E–i–o.[3]

---

[1] 这一句是对马拉美的名诗《骰子一掷也不会取消偶然》的一种回应。

[2] 犹太教礼拜仪式中心由十八位祷告者组成。

[3] 这一节很难汉译，所以取用了约翰·费尔斯蒂纳的英译：第一句 Deepinsnow，把三个词压在一起（可汉译为“深陷于雪”），但第二句就拆解掉了 Deep 中的 D 和 Snow 中的 S，最后一句则只剩下 E—i—o。如果说它表达了什么，它表达了一个人“深陷于雪”时的那种愈来愈绝望的呼喊。

凝结 [1]

还有你的
伤口，罗莎。

而你的罗马尼亚野牛的
犄角的光
替代了那颗星
在沙床上，在
滔滔不绝的，红色——
灰烬般强悍的
枪托中。

---

[1] 诗题“Coagula”，意思是凝结，尤其是指伤疤的凝结；诗中的“罗莎”，主要是指德国犹太裔左翼政治活动家罗莎·卢森堡（Rosa Luxemburg，1871—1919），至于“罗马尼亚野牛”，卢森堡在狱中写给朋友的信中曾描述过她看到的士兵虐待罗马尼亚公牛的情形。此外，卡夫卡小说《乡村医生》中的那个遭到虐待的女仆也叫罗莎。我们还不能忘的是，策兰本来就来自罗马尼亚，“罗马尼亚野牛”乃是他自己土地上的和他血肉相连的生命。对于该诗，策兰在写给布加勒斯特的朋友彼得·所罗门的信里也曾谈到这关键的几点，并说他要尝试以这首诗让牺牲者的血得以“凝结”。

在你的晚脸[1]前

在你的晚脸前，

那独行的

漫游在夜之间

这夜也改变了我，

某物出现，

它曾和我们一起，未被

思想触摸。

[1] “晚脸”（spätes Gesicht / Late Face），因为在策兰中后期诗中还出现了“晚嘴”“晚词”这类自造的词语或意象，故译为“晚脸”。对于策兰的“晚脸”和这首诗，伽达默尔已有解读。它是一种灵显，是他者的纯粹表现（还需要注意的是，这里的“晚脸”，是“你的晚脸”，这使全诗置于“我与你”的对话和共存关系中）。它带着自身的夜色、光晕和“全然的脆弱”出现，改变我们，而又不可“被思想触摸”。它本身就是一个谜团，自我显示而又隐匿。这样的意象在诗学上的意义，如德里达在谈论策兰时所说：“创造一个作品即是给语言一个新的身体，给语言以身体，为了语言的真理能够如是地出现，出现并且消失。”（Jacques Derrida: *Sovereignties in Question: The Poetics of Paul Celan*, p106.）

在冰雹中

在冰雹中，在
烧焦的玉米——
穗心里，在家，服从于
晚来、坚硬的
十一月之星[1]：

蠕虫的会话
编织进心线里——：

来自，一道弓弦，
你的箭迹的嗖嗖，
弓箭手。

[1] 策兰生于1920年11月23日，为“射手座”生人。

布满骨灰瓮的风景

布满骨灰瓮的风景。
对话
从冒烟的嘴到冒烟的嘴。

他们吃：
疯人院狂人的地菌，一片
未埋葬的诗，
找出舌和牙齿。

一滴泪滚回它的眼睛。

左手，孤儿般的
半个朝圣者的
蚌贝——他们递给你，
然后捆住你——
倾听，直到空间透明：

对抗死亡的炉渣游戏

可以开始。

（芮虎 校）

和被迫害者

和被迫害者，在后来，和不再——

沉默的，

光亮的，

结为同盟。

早晨的垂线，镀了金，

把你钉在共同——

起誓的，共同——

搜寻的，共同——

书写的

脚后跟上。

（芮虎 校）

来自拳头

来自拳头，白色
来自从词墙
锤打的真理，
为你绽开新的大脑。

美，被虚无罩上面纱，
抛向它们，这
思想的阴影，
在里面，不可移动，
折叠起来，甚至今天，
十二座山，十二座额头。

也来自你，星–眼的
游荡者
感到忧郁。

永远的二十朵

永远的二十朵
被蒸发的钥匙堡[1]花魂
在你划动的
左拳里。

在蚀刻的
鱼鳞里：
掌纹成倍地
生长。

天与地的硫酸
流在了一起。
时间——
被推算出来，无余。为了：
——你的迅疾之忧郁——
鳞与拳来回游弋。

[1] 钥匙堡（Schluesselburg），沙皇时代俄国的一座著名监狱。“永远的二十朵”，让人联想到“人民意志运动”中的二十一位革命党人，他们于1884年间被囚于该城堡并被全部处死在那里。

盔甲的石脊 [1]

盔甲的石脊，褶皱之轴，
插刺穿裂——
之处：
你的地形。

在隙缝之玫瑰
两侧的极地，可辨认：
你的被废除的词。
北方真实。南方明亮。

[1] 伽达默尔在解读这首诗时，认为它描述的正是诗人试图穿透语言的坚固惯例和空洞言辞时的语言经历，认为这是策兰在重新为语言定位。

可吟诵的残余

可吟诵的残余——他的
轮廓，以镰刀的
笔迹无声地划破
越位，在雪地。

嗖嗖之声
在彗星之
眉下，
这注视的胀量，向着
被日食过的，小小的
心脏卫星飘送
以从外面
捕获的光。

——被篡夺的唇，宣告
一些事情发生，依然，
离你不远。

复活节的烟缕

复活节的烟缕，漂流
带着字迹一般的
尾波。

（从来没有天国。
但是火焰发红，海依然是
海。）

我们在这里，我们
快乐地穿越，在帐篷前，
那里，从移居来的语言中
烤焙野面包。

而在目力尽处：两道
飞舞的刀锋，穿越
心影的绳索。

在它之下，有网结成
从那思想的
底部——在何种

深度？

这里：齿咬透过
永恒的硬币，把我们
滤出网眼。

三个沙的声音，三只
蝎子，
异族人和我们一起
坐在船上。

（芮虎 校）

我知道你[1]

（我知道你，你是深深屈尊的一位，

我，这穿透者，隶属于你。

那里，一道词的火焰，将为我们俩立誓？

你——完全、完全的真实。我——皆为虚幻。）

[1] 这首诗策兰于1965年间写给妻子吉瑟勒，全诗的括号为诗人自己所加。

在布拉格[1]

那半死者，

吮吸着我们的生命，

灰烬影像的真实围绕我们——

我们也

一直在畅饮，灵魂钉十字架，两把剑，

缝合天堂之石，词语如血分娩，

在夜床上，

越来越大

我们一个个成长，再没有

名字留给那

驱策着我们的（那三十几[2]中的一个

有多少

我活着的影子

从疯癫之梯爬向你？），

[1] 据传记材料，策兰其实并未访问过布拉格。诗中的“我们”，出于诗人的想象。

[2] 按犹太人的传说，有三十六人决定了世界的存在，但俗人看不到他们，而且也不能提到他们的名字。

一座塔楼，
一半不知建造去了哪里，
一座西拉金城堡[1]
是所有真正炼金者的不，

希伯来之骨，
磨成了精子粉，
穿过沙钟[2]，
我们游过，如今两个梦，逆着
时间撞响，在广场上。

（芮虎 校）

[1] 西拉金（Hradshin），布拉格著名城堡，卡夫卡曾在邻近的炼金巷居住过。
[2] 指布拉格老市政厅上那座著名的双钟，其大钟盘上面的小钟盘以希伯来文标刻时间刻度，并逆着大钟盘运转，似乎要回到那永恒的起始。

以歌的桅杆驶向大地 [1]

以歌的桅杆驶向大地
天国的残骸航行。

进入这支木头歌里
你用牙齿紧紧咬住。

你是那系紧歌声的
三角旗。

[1] 对策兰这首诗，伽达默尔这样解读："它从一开始就转变成另外一种事故。它是天国里的船只失事"，因而诗人要"进入这支木头歌里""人类存在，是一种要以每一阵最后的力气把握住希望的存在"。

太阳穴之钳

太阳穴之钳，[1]
被你的颧骨制成眼。
在它们咬合之处
发出银色瞪视：
你以及你的睡眠之剩余——
很快
将是你的生日。[2]

[1] 策兰的长子福兰绪出生几日后即死于助产钳造成的夹伤。
[2] 此诗写于1963年11月8日，策兰的生日为11月23日。

进入

进入天堂硬币的
沟槽，在门的裂缝里
你把我未卷起的词
一一压平，
当我以颤抖的拳
拆除覆盖我们的
屋顶，石板接着石板，
音节接着音节，为了
把乞讨钵的
铜色微光
放在那里。

顺着忧郁的急流[1]

顺着忧郁的急流而下
经过发亮的
创伤之镜：
那里，四十棵被剥皮的
生命之树扎成木筏。

唯一的逆——
泳者，你
数着它们，触摸它们
一切。[2]

[1] 这是策兰为自己的四十岁生日写的一首诗。

[2] 策兰所用的“Gegenschwimmerin”（“逆泳者”），就像“Zeit”（时间）这个词，在德语中都为阴性词。伽达默尔这样解读这首诗：“柏拉图说时间是数数的运动。在这里，逆泳者很显然不仅仅是以某种标准去测量运动，而且她为抵抗终止之流的涌来做着努力。只有在这一意义上，她才是永恒的标准，才可以数着和丈量着一切。……在这种意义上，没有什么可以逃过时间的丈量，……被数着的，乃是整个的生命。”

线太阳群 [1]

线太阳群
升起在灰黑的荒野上。
一棵树——
高的思想 [2]
弹奏光之音调：人类之外
那里依然有歌
在唱。

[1] “Fadensonnen”为策兰把“Faden”（“线”）与“Sonnen”（“太阳”的复数形式）拼在一起创造的一个意象。

[2] “一棵树——/高的思想”，显然包含了对里尔克《献给俄耳甫斯的十四行诗》第一首的开篇“俄耳甫斯在歌唱！一棵高树在耳中”的反响。

这不曾梦到的

这不曾梦到的剥蚀，
将漫游无眠的面包之土地
砌在生命山上。

从它的碎屑里
你重新捏出我们的名字，
那个我，以一只
相似于你的
眼睛看住每一个手指，
在试探着
一个地方，穿过它我可以
在你那里醒来，
这明亮的嘴巴里
饥饿的烛火。

写作

写作掏空了它自己，那种
被说出来的，海绿
在海湾里燃烧

在这
流动的名字里
海豚跃过

在永恒的无地，在这
嗡响着钟声的
记忆里——但，何处？

谁
在这
阴影的四方里
打响鼻？谁
在它的下面
闪光，闪光，闪光？

一阵隆隆

一阵隆隆：真理
已自己出现在
人世间，
就在
隐喻的暴风雪中。

坐在蛇形四轮马车里

坐在蛇形四轮马车里，经过
白色的柏树，
穿过洪水
他们载送了你。

但在你内心，自从
你诞生，
另外的泉水就已涌起，
在乌黑的记忆
溪流中
你攀爬向白昼。

空洞的生活住宅

空洞的生活住宅。在走廊里
肺
吹空了
绽出花朵。一捧
沉睡的谷粒
从真实的结巴之口中
吹出
要去与雪——
对话。

正午

正午，以
短暂的颤抖，
从圆形的墓地阴影中，进入我
攀升的疼
——和你，在这里——
一起沉默，在罗马
靠褐色和红色
我活了两天——
你来，我已躺在那里，
滑行的光穿过门，水平——

那环抱的手臂使你呈现，只有它们！如此多的
秘密
我仍被召唤，不顾一切。

走到今天就瞎了

走到今天就瞎了，现在：
永恒也溢满眼睛——
在那里面
那帮助影像越过他们
来临之荒径的，沉溺，
在那里面
那以一个手势把你
从语言中拽出的力量，终止，
是你让它发生，如同
两个词语的舞蹈仅仅
用秋天、丝绸和虚无构成。

从乌鸫的注视中

从乌鸫的注视中，傍晚，
透过那围绕着我的
没有栅栏的门，

我许诺我自己以武器。

从武器的注视中——双手，
从双手的注视中——长久以前
被那锋利、平展的
卵石写下的诗行

——波浪，你
把它带到这里，磨砺，
给你自己，不可——
丢失的，进入
岸沙，你采集，
采集在手里，
喜沙草，吹动
带上你自己的——，

诗行，诗行，

我们游泳，穿过其缠绕，

两次千年期，

所有的歌在指缝里，

那些通过我们而活着的，

妙不可言的

洪水不相信我们。

（芮虎 校）

当白色袭击我们

当白色袭击我们，在夜间；
当从捐助罐子里溢出的
不只是水，
当剥了皮的祭钟膝盖
给出暗示：
飞！——

因为
我曾是
完整的。

疯碗 [1]

疯碗，残破
深。

如果我——

好吧，是的，如果我是
这棵——向哪里屈身？——
椤树，在屋外，

我将知道怎样陪伴你
以光亮的灰菜
和你一起成长
以快速吞下的，
图像，和这拉紧的
摇曳的
思想圈，围绕你们
两个。

（芮虎 校）

[1] 此诗1965年5月写于巴黎的一家精神病院里，策兰被强制送到那里治疗。

箴言在拳头里硅化

箴言在拳头里硅化，
你忘了你所忘记的，

标点符号的闪烁，
在手腕上结晶，

穿越大地
裂隙的梳子，
停顿，便疾驶而来，

那儿，在
牺牲者的灌木丛里，
回忆冒起浓烟，
一阵气息
占据你们。

国王的狂怒

国王的狂怒，石制的督促，在前。

而升入烟雾的
祈祷者们——
雄马，使之
更加痛苦，那
不可驯服、顺从的
志愿兵的军种：

赞美诗的蹄铁，唱过
打开——，打开——，打开——
覆叶的圣经之山，
向着那清晰的，相互
发出叮当共鸣的，
海的强大的起点。

站着

站着，在耻辱的
阴影里在空气中。

站着——不为任何人任何事物。
不可辨认，
只是
为你。

带着它自己所有的藏身之处，
甚至无须
语言。

大提琴进入

大提琴进入
从痛苦的背后：

权力，从高处
往下排列等级，
在抵达跑道和驶入前
卷出暧昧，

这个
攀升的傍晚
充满肺的枝丫，

两团
冒烟云的呼吸
挖进被睡眠的嘈杂
翻开的书里，

一些事物变得真实起来，

十二次发红

被箭簇射中的对面，

她，黑色
血液的，在喝
他的黑色血液的精液，

所有事物，比它自己
更少，
所有事物更多。

（芮虎 校）

阴影破隙中的路径

阴影破隙中的路径，在
你的手中。

从这四条手指纹沟
我为自己挖出
石化的祝福。

数目

数目，结盟于
意象的毁灭与
反毁灭。

击掌在
颅骨上，向着
鬼火的铁锤
失眠的太阳穴
这一切以世界的节奏
庆祝。

（芮虎 校）

从红门兰开始

从红门兰开始
走，数
步伐的阴影，直到
五座童年山的背后——，
从它，我赢回
半个词，为十二夜，从它
伸出我的手抓住你
永远。

一个小小的灾难，像
心点一样大，放在
你的背后我的名字
那结结巴巴的眼睛，
有助于我。

　　　　　　你也来，
仿佛越过草地，
带来码头围堤的意象，
那里——当
我们的钥匙，深入禁区

交叉徽盾形状，

陌生人玩着骰子，以我们俩

仍拥有的一切

在语言中，

在命运中。

玩杂耍者的鼓

玩杂耍者的鼓，
以我心的硬币敲响。

楼梯的嫩枝上，奥德修斯，
我的猴子，爬向伊萨卡[1]，
Rue de longchamp[2]，一小时
在泼出的酒后：

把这个家也加进来
在骰子杯里摇动，
那里，我和你躺在一起，
不可再被投掷。

（芮虎 校）

[1] 伊萨卡（Ithaca），奥德修斯的故乡。
[2] 策兰自 1958 年至 1967 年在巴黎的住址。

何处？

何处？
在夜的易碎体里。

在忧伤碎石和漂砾中，
在最缓慢的涌动中，
在智者的一声永不里。

水的针脚
缝纫破裂的
阴影——他搏斗
更深地向下，
自由。[1]

---

[1] 策兰于1970年4月19日深夜从巴黎米拉波桥上投河自尽，这首诗提前预示了诗人的命运。

词的储存

词的储存，形成火山，
被海之怒号淘出。

上面，
那非造物的
洪水猛兽；它
亮出一面旗——形象和余象
徒劳地在时间中巡游。

直到你把词的月亮
猛地掷开，从奇迹般的
退潮中，而这
心形的火山口
将赤裸着为创世见证，
国王的——
诞生。

在你的创伤里歇息

在你的创伤里歇息
啼哭出声，又止住了。

这圆圆的，小小的，坚固的：
来自凝视的壁龛，它涌出
滚动，近了
进入无身衣服中。

（它拥有
——珍珠，如此
艰难地穿过你——，
它已潜入那里，赢回咸草
从那双海中。）

无光，它滚动着，
也无色——你，
以象牙针穿过它
——它竟不知
那扑向你的，虎斑石，
在它上面坠落了？——，

如此——地球到哪里去了？——
让它转向时间吧，
以十个缆索上的爪形月亮，
在蛇的临近中，在黄色潮讯中，
就像恒星。

（芮虎 校）

曾经

曾经
我听见他，
在洗着世界，
彻夜地，不可见，
真实。

一和无尽，
灭绝，
吾。

光曾是。拯救。

（芮虎 校）

剥蚀

剥蚀，被你的
语言的射线风
这些花哨的言谈，冒充的——
经历——成千的——
喋喋不休的“我”——
伪诗，非诗。

空心的——
吹旋，
而路
敞开，穿过人形——
之雪，
悔罪者之雪，向着
好客的
冰川之屋和冰桌。

深入
时间的罅隙
在这
冰蜂巢中

等待，一阵呼吸的结晶

你的不可取消的

见证。

今天

今天：
夜间之物，再次被火鞭打。
热光闪耀
光裸的草木起舞。

（昨天：
在划过的名字上
飘动着忠诚；
粉笔四处书写；
翻开并致意：
这变成水的书。）

赌得一猫头鹰卵石——
从睡眠的檐角
它朝下看
看向你突然想起的五眼。

不然？
半个和四分之一
的联盟

在受打击者这边。语言
那丧失和变味的
财富。

当他们刺穿
这最后的阴影
你燃烧，救出那起誓的手。

佩饰线，感觉线[1]

佩饰线，感觉线，
缠结在夜的苦汁里
在时间背后：

谁
隐藏得足够深
以看见你？

披风眼，杏仁眼，穿过
所有的墙壁而来
再次升上
这张斜面桌子，
并翻动那上面的——

十支盲人的手杖，
火焰般，挺立，自由，
从刚诞生的标记中
脱身。

---

[1] “佩饰线，感觉线”指向犹太教徒晨祷时穿的披肩。

挺立在

它的上方。

这依然永远是我们。

（芮虎 校）

灰烬的光辉

灰烬的光辉
在你震颤受缚的手后
在交叉路口。

那曾经的蓬提斯海[1]，这里
一滴水
落在
淹溺的船桨上，
深处
在石化的誓言里
水泡仍在鼓动。[2]

（而垂直的
呼吸的准绳，回荡到
高之上的高
在两个痛苦的结之间，当

[1] 蓬提斯海（Pontic），黑海的古称，1947年间策兰曾携女友在附近度假。

[2] "在石化的誓言里 / 水泡仍在鼓动"，也许，这就是"诗的见证"。德里达在《见证的诗学和政治学》中也分析了这首诗，认为尽管由于见证的不可能性，我们可能永远不知道策兰这首诗要见证什么，但是，这首诗仍然在说话。（Jacques Derrida: *Sovereignties in Question, The Poetics of Paul Celan*, Edited by Thomas Dutoit and Outi Pasanen, Fordham University Press, 2005.）

闪亮的
鞑靼人的月亮爬向我们
我自己就钻入你、你。）

灰烬的
光辉，在你们
交叉路口的——
手后面。

而在你们前面，从东方
掷来的骰子，令人惊恐。

无人[1]
为这见证
作证。

（芮虎 校）

---

[1] “无人”（Niemand），策兰诗歌中经常出现的一个神秘指称。如果把这里的“无人”读解为“没有人”，我们当然可以由此体会到诗所蕴含的沉痛感。但是，我们依然会感到，越是无人似乎越是有一双“无人之眼”在注视和见证，“无人”已变成对一种更高、更无形的存在的命名。

港口

伤口复原了：那里——，
如果你就像我一样，被
妓女之桌上
杜松子酒的瓶颈们
反复错乱地梦见。

——正确地
撒下我的幸福吧，海发
堆积波涛，那携着我的，黑色诅咒，
劈开你的去路
穿过最灼热的子宫，
冰愁之羽笔——，

那里——
你不曾
来和我一起躺下，甚至躺在
母亲克劳森的长椅上，是的，她
知道，多少回
我的歌涌上你的喉咙，嗨呀嗨
就像故乡的蓝越橘

白桤木，以它们所有的枝叶
嗨呀嗨，
你，就像
来自世界屋脊那一边的
星笛，那里
我们也游过了，赤裸着赤裸，游过了，
深渊之诗刻在
火红额头上——未被
烧毁，而内心深处
泛滥的黄金
向上挖出
它的道路——，

这里，
以带睫毛的帆船，
记忆也驶过了，缓慢地
燃烧跳跃而去，被
断开，你，
被断开在
两艘蓝——
黑的回忆
驳船上，

可是现在也被
上千的手臂
所驱赶，以它们，我抓住你
它们来回游弋，经过流星酒吧
我们仍然醉醺醺的，仍然在喝
偏世界的嘴——我只提及它们——

直到上边那常绿的钟楼上
这网——，数码之皮肤无声地
脱落——一个空想的船坞，
飘游着，在它前面，
脱离世界之白色
巨型起重机的
字符们
书写无名，在那上面
她攀登，向死亡跳跃，那
猫样久长的生命，
在夜半之后
掘起渴望
感知的句子，
向它
海神的罪孽

抛出自己的
谷酒色缆绳，
在十二音阶的
情歌的
浮标中
——那时汲井的铰链，和你一起
哗哗在唱，不再是
内陆的合唱队——
那些灯标船也舞蹈而来了，
从远方，从敖德萨[1]。

吃水线，
和我们一起下沉，与我们的负重相称，
捉弄着一切
下沉，上升，为何不呢？*伤口复原，哪里——*，
何时——
过来和过去和过来。

（芮虎 校）

[1] 敖德萨，乌克兰黑海海滨城市，1941 年 10 月，大批犹太人在那里被纳粹部队屠杀。

《线太阳群》

（*Fadensonnen*，1968）[1]

[1]《线太阳群》本来是收在《换气》（1967）中的一首诗，策兰把它作为了这本新诗集的集名，可见这个意象的不同寻常的意义。乔瑞斯认为策兰的“线太阳群”，就是诗人继“换气”后所展现的新的美学尺度——一种“后奥斯维辛”的尺度：“这些线的太阳群交迭进入词语，显示出延伸的线，它们比一般的线‘thread’更丰富，它们还带有英语中‘fathom’一词中的某种意思，即‘测深线’。……因此，这线是测量空间的，或是‘声测’深度的，也许，这线就是一种尺度，一种对世界和诗歌来说新的尺度。”（Pierre Joris: *Introduction*, *Paul Celan: Threadsuns*, Translated by Pierre Joris, Sun and Moon Press, 2000.）

策兰的“线太阳群”，也可视为是对曼德尔施塔姆的回赠。早些年前，策兰曾把曼德尔施塔姆写给母亲的挽歌《这个夜晚不可赎回》中的“在耶路撒冷的城门前，一轮黑太阳升起”译为“一些太阳，黑色，燃起在 / 耶路撒冷”（“Sonnen, schwarz, die sich entfachen vor Jerusalem”）。这里，单数的太阳变成了可怖的复数，“升起”变为“燃起”，过去时变为了现在时，变成了后奥斯维辛时代的风景！

策兰是有勇气的，也是有着令人惊异的创造力的，该集中收入的 105 首诗，以其新颖、密集和丰富性印证了这一点。“人类之外 / 那里依然有歌 / 在唱”，这是诗人再次获得的信念，也是对“奥斯维辛”之后写诗是否可能的一种回答——不仅是对阿多诺本人，还是对整个时代的回答了。

无名

无名，就是那名字：
它的合唱
将我们捆在
被歌声绷紧的
光亮帐篷下。

可以看见

可以看见，从脑筋和心茎上
还未变暗，在地面上，
子夜的射手，在早晨
穿过叛逆和腐烂的骨髓
追逐着十二颂歌。

你曾是

你曾是我的死亡：
你，我可以握住
当一切从我这里失去的时候。

灵魂盲目

灵魂盲目，在灰烬后面，
在神圣而无意义的词中，
去韵之诗大步走来，
大脑皮层轻轻裹住双肩。

耳道被辐照
以编织的元音，
他分解视紫，
又重组。

波城[1]，夜间

永恒之密码，被亨利
四世诡秘地
摇晃进龟甲里，
埃利亚式[2]的嘲讽
紧随其后。

[1] 波城（Pau），法国西南部城市，亨利四世的出生地。
[2] 埃利亚式（Eleatisch），指古希腊哲人色诺芬所创立的埃利亚学派。

波城，更晚

在你的眼角
里，一片外封地，
这阿尔比教派[1]之影——

向着
滑铁卢广场[2]，
向着那只孤儿般的
椰质鞋，向着
那一声被出卖的阿们，
我唱着你，在楼群间
进入永恒的
入口：

而巴鲁赫[3]，那永不
哭泣者，

[1] 阿尔比教派（Albigensian），起源于11世纪法国阿尔比的基督教教派，后被视为异教徒，遭到教皇和法王的镇压。

[2] 指阿姆斯特丹的滑铁卢广场，广场周边曾为犹太居民区。策兰这首诗，写于法国波城，但他却因“阿尔比教派”联想到他的阿姆斯特丹之旅。

[3] 巴鲁赫，荷兰犹太裔哲学家斯宾诺莎（Baruch de Spinoza，1632—1677）后来为自己起的名字。斯宾诺莎24岁时被犹太教团以异端罪革出教门，后来移居到阿姆斯特丹，以磨制镜片为生，同时从事哲学和科学研究。他在45岁时因肺痨去世，这可能和他磨制镜片吸入了大量矽尘有很大关系。

也许已磨好了镜片，
那所有围绕你的
玻璃棱角，
那不可理喻的，直视的
泪水。

孵化的

孵化的

壳质——

太阳群。

带甲的肺鱼

披起蓝色祷衣，

沙奴的海鸥

为之首肯，潜伏的

灯芯

缩回自身。

里昂，弓箭手

铁刺，被供养
在砖砌的壁龛中：
并行的千年期
变得陌生，不可征服，
追随着
你的疾驰的眼，

现在，
以骰子掷来的一瞥，
你唤醒身旁的她，
她变得沉重，
更沉，

你也，带着在你之中
陌生了的一切，
变得陌生，
更深，

一条弓弦
把它的苦痛

张在你们之中，

那失踪的目标
一闪，弓。

作弊的机遇 [1]

作弊的机遇；暗记，仍在那里，

数字，成倍增长，不公正四处盛开，

主匆匆走近，他下着雨，他前来凝视，

谎言如何七次燃烧，

锋刃

如何被迎合，

破烂如何伪证自己，在——

这个

世界

下面

如何第九次被煽起，

狮子，

你唱吧，来自牙齿与灵魂的

人类歌，两者都很

坚硬。

[1] 该诗同样可视为对克莱尔·戈尔之流的一个回答。

牡马

牡马连同盛开的灯芯
升起，在山道——
最高处，
彗星的微光
闪在那马臀上。

你，卷入共同
密谋，一泻而下的
急流中，那蹦跳的
乳房被锋利的
诗之轭具套住
与我一起坠落越过
影像，岩石和数字。

昂达伊[1]

橘色旱金莲，
插在你的额角后，
从铁丝网中伸出的刺沉默，
而它也在奉承着，甚至
在倾听，
因为这不耐烦的间距。

[1] 昂达伊（Hendaye），法国南部城市。

永恒老去

永恒老去：在
切尔维泰里，日光兰[1]
以它们的白
相互发问。

以从死者之锅中
端出的咕咕哝哝的勺子，
越过石头，越过石头，
他们给每一张床
和帐篷
舀着汤。

[1] 切尔维泰里（Cerveteri），意大利城市。日光兰，为希腊神话中地狱之神的花，据说可保灵魂安宁。

一盎司真理

一盎司真理在惊愕的深处，

经过它，
天平的秤盘
摆动，
两者归一，对话，

而法律，挣扎着
被举上心尖，
儿子，赢了。

作为颜色

作为颜色，堆积，
造物们归来，傍晚的嘈杂声，
四分之一季风
无须床铺，
说行话的祈祷者
在那些被点燃的
无眼睑之前。

痉挛，我爱你

痉挛，我爱你，赞美诗，

触觉之壁延伸入你的峡谷
欢愉啊，种子染色者，

永恒，你被非永恒了，
非永恒，你被永恒了，

嗨，

进入你，进入你深处，
我唱着骨杖的骚痕，

红之彤红，远在阴毛背后
竖琴在洞穴里拨弄，

四周，那围绕的
是无尽的无调卡农[1]，

---

[1] 卡农（Kanon），一种多声部乐曲形式。

而你向我抛来，九次
纠结的，带齿的
滴水花冠。

睡梦残片

睡梦残片，楔子，
被驱入无地：
我们还是那样，
转动的
圆星赞成
我们。

那些早就发现的

那些早就流传的
信中的轻声细语，
低语着被窥视的无页之词，
像你的一元零钱那样大，

也这样听着我强健的
你——
知道——如何，

那高大的到此地，与我们的
拥抱，无穷无尽，
在通向港口的
阶梯[1]上，

鹅步也走累了，
敖德萨的女居民。

---

[1] 指著名的敖德萨阶梯，始建于19世纪三四十年代，共有192级，站在最高处，可以鸟瞰敖德萨港。1925年，苏联电影大师谢尔盖·爱森斯坦执导了《战舰波将金号》，影片中“敖德萨阶梯大屠杀”成为电影史上最经典的片段之一。

垃圾管道的安魂合唱

垃圾管道的安魂合唱，如银：

出疹之热
围着墓坑飞奔，飞奔，

无论谁

想到这十二月，一道
目光就将弄湿
他的言说的额头。

在升天了的

在升天了的瘟疫
裹尸布中。在
夜色废除
之处。

眍眼的反射
在枝叶繁茂的
梦的水平上
归零。

白色声音

白色声音，被捆绑
光线——
泅渡
越过桌子
与信瓶一起。

（它倾听，倾听进
大海，它也饮着
大海，显露
一路跋涉的
嘴巴们。）

一个秘密
永久地潜入词语。
（谁从它脱落，滚到
无叶之树下。）

一切
影子之扣
在一切

影子关节上

可听见——不可听见

此刻它们自己来到。

（芮虎 校）

干尸成功地

干尸成功地
跃过
山脊。

泡桐树零星的
硕大叶子
记下它。

巨大的
玩具世界——
被闲置。星辰们
未光顾。

监控塔里，成百的
银亮蹄锤
撞击出
囚禁之光。

绕道的

绕道的——
地形图，发出磷光，
远陷在此地后面，被
无名手指敲击。

上帝之速度，瞧吧：

那飞驶的箭头，距
目标之两寸，
坠下
扎入主动脉。

共同财产，十
公担重的
成倍的疯狂，
醒在
兀鹫影子中，
在第十七只肝脏中，在
结结巴巴的
传递者的脚下。

在前面，

在发出噼啪声的水盾中，

三条直立的鲸鱼

以头顶起了球。

一只右眼

闪光。

真理

捆上在梦里丢弃的
遗物，真理
作为孩子
越过山脊而来。

山谷中的拐杖，
被泥巴弄出嗖嗖声，
被碎石，被
眼睛的种子，
而发芽的枝叶在高处
在绽开的“不”——在
王冠中。

谁

谁
统治？

被色彩所困，生命，被数字催逼。

钟表
从彗星窃来时间，
骑士
是垂钓者，
名字
为诡计镀金，
眼皮耷拉的凤仙花，在岩石中
计算周期。

痛苦，蛞蝓的影子。
我听见，它不会迟到。
那必死的，虚妄的，在鞍子上，
也来测量。

卤钨灯代替了你

光之陷坑，边界偶像，代替了
我们的家。

黑暗，半透明，
那杂耍艺人的艏旗
在下面
达至顶点。

赢回的变元音在无词中：
你的反射：墓盾
一个当地的
思想者之影。

（芮虎 校）

我身在何处

我身在何处
今天？

危险，所有的危险
带来它们的武器，
乡巴佬似的，变瘸，

草叉般之高
天堂的休耕地，

丧失，带着白垩嘴——你们
正直的嘴，你们桌子！——
在无边角的城里，
搭上油亮的观光马车，

——金辙，一道逆现的
金辙！——

桥，被流水之高歌淹没，

爱，仍在树梢上方，
纠缠于来–去，

巨大的光，
冒起火花，
向着戒指之右
和一切回归。

在倾盆大雨浇灌的路上

在倾盆大雨浇灌的路上，
沉默的小杂耍艺人布道。

这是，仿佛你可以听见，
仿佛我还爱着你。

发掘出来的心

发掘出来的心，
被他们装上情感。

伟大故乡的
完备配件。

乳汁姐妹
双铲。

寂静

寂静，老巫婆，骑我穿越急流。

睫毛之火，照亮路途。

被去渣

被去渣，去渣。

倘若我们此刻是刀，
被拔出鞘，像回到巴黎的
拱廊中，眼的余火时刻，

北极牛
将跳跃而来
将以角为冠跟随我们
刺去，刺去。

沿着丘陵线

沿着丘陵线
古老的刑架隐现在
幼树之间，
被蜜蜂吸吮。

前方，达姆弹地平线，
被无限增扩，是的
你的
银亮一倾听，
小古钢琴，

肺的日夜呼啸之声，

被剪枝的天使长们
站在这里
值勤。

权力，暴力

权力，暴力。

在它们后面，在竹林内：
犬吠的麻风，交响。

文森特[1]赠予的
耳朵
已抵达它的目的地。

[1] 文森特，即画家文森特·凡·高，他曾把自己的耳朵割下。

唇

唇，你夜的柔软组织：

弯道陡峭，眼神在攀爬，
打开黏合处，
以把自己牢牢缝在这里——：
禁止进入！黑关卡。

那里应该还有萤火虫。

给词的洞穴铺上

给词的洞穴铺上
这些豹皮，

铺展它们，在皮的这边和那边，
从此意义到彼意义，

给它们庭院，房间，入口
以及荒野，腔壁

并倾听它们的第二音
每一次的第二和第二
音。

露水

露水。而我与你一起躺下，你，在垃圾里，
一个泥泞的月亮
以回答涂抹我们，

我们被弄碎分开
又再次揉成一个：

上帝掰开面包，
面包掰开上帝。

黑暗的接牛痘者

黑暗的接牛痘者，以
他们不移的路线
围绕着伤口，
注射针，
在数和无数的彼岸，
不倦地，传送着。

写作
玻璃般坚硬的擦刮声，

在两侧的镶边
造林的
手区（雪花石膏
你露出一半）

在冬天的禁林区
一棵松树赦免了自己。

巨硕的

巨硕的，
无路的树木——
骰子
手之——
花茎，

五眼。

树枝，被神经控制，
投下
已被染红的
刺目影子，
一道在玫瑰
升起前
蛇的咬痕。

当我不知道，不知道[1]

当我不知道，不知道，
没有你，没有你，没有一个你，

所以他们全来了，
那些
自愿去首者，那些
终生无脑地
唱着“无–你”的
部族：

Aschrej[2]，

一个无意义的词精，
穿过藏语，
被射入
犹太女人
帕拉斯
雅典娜

[1] 策兰写这首诗时，曾记下荷尔德林的诗句“无人知道”。
[2] Aschrej，希伯来词，祝福、赞美时所用。

带盔甲的卵巢中，

而当他，

他，

胎儿般，

拨弄着喀尔巴阡[1]竖琴的*不不*，

阿勒曼德舞曲
便编织着花边，为那
呕吐的*不*——
朽
歌。

[1] 喀尔巴阡，欧洲中部阿尔卑斯山脉的东伸部分。西起奥地利与斯洛伐克边界，向东呈弧形延伸，经波兰、乌克兰边境至罗马尼亚与塞尔维亚边界多瑙河谷。

两者

两者被去疤痕的躯体，

两者被覆以死叶的赤裸，

两者被去现实的面容。

拽入大地，被

最洁白之树的

最洁白

之根。

沉默对你的顶撞

沉默对你的顶撞，
沉默的顶撞。

海岸般
你自己得以幸存
在时间的船舶转运码头，
在双航道之近，
那里，锥形头的冰水手们
给大货仓覆上穹顶。

Haut mal [1]

你这未抵罪的，
嗜眠的，
被众神玷污之女：

你的舌头是烟熏的，
你的尿也发黑，
你的凳子上溅满渍液，

你拥有，
就像我，
淫邪的话语，

你把一只脚放到另一个面前，
把一只手搭在另一个身上，
蜷缩在山羊皮里，

[1] 这首诗的题目，作为德文，指皮肤上的胎记或痣；作为法文，有癫痫、淫邪的意思。据有的研究资料，这也可能是对法国诗人米歇尔·莱里斯（Michel Leiris）一首诗题目的套用。

你圣化

我的肢体。

心绪烦乱

心绪烦乱，我知道
你那些如鱼群般
密集涌来的刀。

没有人比我
更紧更近地逆着风，

没有人如我
被冰雹的狂风击打
那向海而被刀折的
大脑。

相撞的鬓角

相撞的鬓角，
裸露，在面具出租店里：

世界后面
那未出价的希望
抛来缆绳。

靠岸于大海的伤痕线
那呼吸着的“数”。

后来

后来。海绵的物神
咬去圣诞树上的球果，

一个单脚跳行的愿望
在霜寒的问候中
皲裂了，

窗突然洞开，我们是在外面，

这不可抚平的
存在的肿块，

头部下沉，
心满意足的云团
载送我们，越过了
它。

住惯了

住惯了——住不惯，

习惯了住不惯，

顺从的黑暗：三个
血的时辰，在凝视的
泉水后

那冷光的独眼，因
盲目而有了母性，

十三罗特重的
虚无：
以羊膜
裹住你
倒立

在攀升的
时候。

咬痕

咬痕，无处可寻。

你也
得同它斗争，
从这儿出发。

燕子射离烟囱

燕子射离烟囱，箭的
姊妹。

空气钟的
一点飞向了时针，
进入韵律。

鲨鱼吐出了
活着的印加人[1]。

人类版图上
那占领的一刻。

所有事物出现了，
就像我们
被拆封。

（芮虎 校）

---

[1] 印加人（Inca），又称印卡人，南美洲古代印第安人。

入冬的风地

入冬的风地：这里
你得活下去，多籽，石榴般，
被那瞒报的前霜寒
一夜间冻硬，
当黑暗的书法书写在
你唱出的
被星辰吐出的
超音速之翼的
金黄影子中间——是的
你从来不仅仅是
飞鸟和果实。

忙碌的

忙碌的
矿产，在当地，

这冒烟的中略[1]，

不会察觉的
周年，

而镶满玻璃的
蜘蛛祭坛高悬在
所有街衢之上

中音
（依然？），
影子的空谈，

恐惧，冰之公正，
放晴起飞，

[1] 中略（syncope），语言学名词，如以“ne'er”代“never”。

巴洛克式包装的，
语义学的浴室，
被射线照亮，

以这未涂之墙
地牢挺立：

这里

你必须
活出来，无钟。

从近处的

从近处的
水泵，灰绿
被未醒之手
挤压出来，

深度屈从于
它的庄稼，无声地
任其生长。

也救救
这个，趁着石头的日子
尚未空洞，
人与兽混杂，七孔芦笛
发出要求，迎向
每一张嘴巴与收割。

法兰克福，九月 [1]

盲目，光——

胡须的镶板。

被金龟子之梦

映亮。

背后，哀怨的光栅，

弗洛伊德的额头打开，

外面

那坚硬、沉默之泪

与这句话摔在一起：

“为这最后一次

心理–

学。” [2]

---

[1] 该诗源于一次法兰克福书展上弗洛伊德、卡夫卡等德语犹太作家的著作和命运对诗人的触动。诗的题目及开头部分，也隐含着诗人对自己几年前写下的《图宾根，一月》的呼应（《图宾根，一月》的开头即是“眼睛说服了 / 盲目”，后来还提到了荷尔德林那种“族长的稀疏胡须”）；诗中间的“为这最后一次 / 心理–/ 学”，则指向了卡夫卡，他曾对精神病治疗表示过深深怀疑。寒鸦是卡夫卡的自喻，同时也是他父亲在布拉格所开的商铺的标徽。

[2] 同卡夫卡一样，策兰不相信精神治疗之类，他对多次被强行送去治疗感到愤怒。因此，在原诗中，他有意把心理学这一术语拆解成“Psycho-logie”，并移行排列，为这首诗最后的语言破裂做出了铺垫。

这冒充的

寒鸦

之早餐，

喉头爆破音[1]

在唱。

（芮虎 校）

[1] 对“喉头爆破音”，有人联想到死于喉结核的卡夫卡。策兰诗歌的英译者波波夫和麦克休则把“喉头爆破音”与策兰母亲的死联系了起来：“在这首诗中，每个障碍物系列引起了相应的表达，盲目之于光辉，哀悼之于超越的心智，喉头爆破音之于歌诗……策兰的诗往往指向母亲在集中营的死这一主旨：她死于喉管的枪伤。如果发音出于枪洞的裂口，涌出的会是血：这敏感脆弱的部位也正是诗的产生之处。”（*Celan: Glottal stop*, *101 Poems*, Translated by Nikolai Popov and Heather McHugh, Wesleyan University Press, 2000.）

赤裸的一个

赤裸的一个。胸前
乳房跃动的你，
你的恶臭飘散
在所有的表情前。
无人之呼吸
重新生长，这不可——
再被遮掩的一个。

在前方石盔王
从石驴之臀上跌落，
滑腻的双手
越过乳头被捆绑的
面容前。

夜的

夜的
魔鬼般的舌头玩笑
在你的耳中木质化，

那被掠到
桁梁后的，
又跳向前，

被挥霍的
过桥费，成为机械筛
在我们前面凿穿白垩谷，

大海般的光坑
对着我们吠叫——
对你，
这尘世的不可见的
祭坛。

这一天

这一天被擀出来：
数千年的生面团
为那来世的
薄饼，

同样古老的
下颌，有点淤塞，
回忆起早年光景，
对它们和自己露出了牙齿，

而早先动物的
蹄声进入
酵母–咏叹调：
它升起，薄饼可咏唱的甜美
升得更高，

一个无影的
魂灵，被
解除孤独，一个
永生者，

幸福得

发抖。

外面

外面。一片下午的
榅桲树黄飘动在
漂流的斜桅上，

誓言们
背部灰色，适于大海，
滚向船头
之部位，

一条
刽子手的
绳索，数字自己缠在
还能看见的脖颈上。

无人需要收下船帆，

我是水手
前行。

这一个

这一个升起
自己星辰的
夜。

从灰烬纺出的线，
时间来去，
被一双蜡封眼睑的
浓重投影，

向下
与箭一般细的
灵魂们，
停下了对话，
带着空气藻须的
颤动箭袋。

一个被充满的
灯笼贝
穿越良知。

雏海鸥们 [1]

雏海鸥们，那些银色的，
乞求于老海鸥：
那嘴喙下方的
红斑点，是黄色。

黑色——那做幌子的
头部，为你示范——
将会更刺激。蓝色也在
尽力，但它并非
那种回应的色素：
它必得是
刺激的类型，一种协奏
一种整体的
塑形，
一份给定的遗产。

…………

[1] 据研究资料，该诗的前两节受到阿道夫·波特曼《从生物学的角度看原型问题》的启发。

朋友，

你披着柏油套袋的赛跑者，

也来到此地，在这个

海滨，你一路跑入

时间与永恒这两者

仿造的

咽道。

把你依附的太阳年

把你依附的太阳年，
抛出心船外
划吧，忍着饥渴，去结合：

两个胚细胞，两个后生物，
那就曾是你们，

那无人继承的，故乡，
此刻要求归来——：

以后，天知道，
你们中的一个，蜕变
会再次成为
一只滑行的小爬虫
带着纤毛
在徽章中。

（芮虎 校）

爱尔兰

给我路的权利
越过谷粒山道进入你的睡眠，
路的权利
越过睡眠的小径，
以那权利，我可以砍削泥炭
在心的斜坡，
明天。

想一想

想一想：

马萨达[1]的泥沼武士

迎着铁丝网上

每一根尖刺，

承诺他们自己

最不可磨灭的家。

想一想：

那无眼无形状之物

带你自由地穿过喧嚣，你

变得强壮、更为

强壮。

想一想：你

自己的手

不止一次握住

一点

可居住的大地，

[1] 马萨达，公元73年犹太人抵抗罗马人的最后堡垒，堡垒失陷时，里面的犹太人集体自杀，不愿做罗马人的奴仆。

受苦而再次
进入生命。

想一想：
那些向我走来的，
名字醒来，手醒来
永远，来自
不可埋葬。

（芮虎 校）

组诗《转暗》[1]

（*Eingedunkelt*，1968）

[1] 组诗《转暗》写于1966年3月17日至4月19日诗人接受精神治疗期间，共有11首。因为主题有异等原因，没有收入同时期编定的诗集《线太阳群》中，而是被单独列出。后来还有其他一些诗作如《不要写下你自己》《椴树开花》等被归入这组诗中，这或许是因为诗人有意要把它发展为一部诗集。由于精神创伤加重，策兰不时陷于难以自控的状况。他多次被强行隔离接受治疗，而这又加重了他的痛苦，他在与人通信中多次说“我正在被治疗得支离破碎”，说这种治疗的目的就是要“摧毁”他。

然而，这又是一位注定属于诗歌的诗人。策兰在精神治疗期间不仅依然写诗，而且写下的诗往往仍是“精确无误”的。他“以夜的规定”重新命名了痛苦、荒诞的存在，也以一种惊人的创造力挑战着语言。这说明诗性本身自有一种穿透巴别塔混乱的力量？“疯碗”对诗人也是一种养育？“死亡是只绽开一次的花。/ 它就这样绽开，开得不像它自己。/ 它想绽开就绽开，它不在时间里开放。// 它来了，一只硕大的蛾子，装饰摇晃的花茎。/ 让我成为这花茎，足够健壮，让它高兴。”这是诗人自杀前三周去医院探望一个濒死的朋友后写下的一首诗。策兰晚期的诗，往往就是在与死亡搏斗中绽开的词语之花。它“开得不像它自己”。它是最“难以形容”的词语之花。

毫不踌躇

毫不踌躇，
厌恶的浓雾降临，
悬垂的灼热烛台
向我们，袭下

多肢的烈焰，
寻找它的烙印，听，
从哪里，从人的皮肤近处，
噝的一声，

找到，
失去，

陡峭的
阅读自己，数分钟之久，
那沉重的，
发光的，
指令。

（芮虎 校）

放弃灯光之后

放弃灯光之后：
来自驿道的光亮，
嗡嗡回响的白昼。

一道灼热的通知，
愈来愈刺耳，
留下淌血的耳朵。

你要掘出

你要掘出
那被铭刻的
锚石？

这里无物可以固定我，

不是放纵之夜，
不是顺从之夜，
不是通灵之夜，

来，和我将那门石滚到
没有绷紧的帐篷前。

（芮虎 校）

纠缠的石头

纠缠的石头，
灰绿色，被释放到
墙角。

街头买来的红月亮
将那一小隅世界
照亮：

那就是
你。

在记忆的空白
挺立着专横的蜡烛
述说暴力。

清晰，直至远处

清晰，直至远处，挣开
扭结的标志，

释放爱人，
也从这榆树根牢房，[1]

黑色
之舌，成熟，垂死，
被电击，将再次尖叫
移近在背后。

（芮虎 校）

[1] 策兰任教的巴黎高师位于榆树路。

越过头顶

越过头顶
标记
被猛掷过去，如梦般焚烧
就在此地，如它所称。

如今：
以烟草叶作为旗语，
直到天空
烟雾腾腾。

不要写下你自己

不要写下你自己
在世界们之间，

起来对抗
这眼花缭乱的含义，

相信泪痕
学着去活。

椴树开花

椴树开花，中略[1]，升起
升起并消隐，
这丁零作声的
圣咏。

[1] 中略，语言学名词，见《忙碌的》一诗注。

《光之逼迫》

（*Lichtzwang*，1970）[1]

[1] 策兰是一位对词语高度苛刻的诗人，他几乎从来不用“大屠杀”或“浩劫”这样的大词。他总是在寻求最精确、独到的隐喻，来传达最难以言说的对存在和命运的感觉。《光之逼迫》这部他生前编定的诗集的集名，就出自《我们已躺在》这首诗：诗中的“强光”，让人联想到集中营或是边境线上探照灯的强光。而“强光的统治”，说明它已在世界上获得了“合法性”，并且，它已无处不在了。诗中隐含的，仍是一个幸存者想要寻求最隐秘的庇护的愿望。

但是，这又不仅是自我救助，更是为了“遮暗”并保护一个攀爬过来的“你”。

这个“你”，正如策兰深受其影响的犹太宗教思想家马丁·布伯在《我与你》中所讲述：因为有“你”存在，我才成之为我；“你”成为当下时，现时方会显现。这样一个“你”便是世界，便是生命，便是神明。人必得倾其全部生命来称述“你”，守护“你”，讲出“你”，接近“你”。

这也正是策兰，即使在最黑暗的日子，他仍在对自己说“我仍可以看你”（《我仍可以看你》），仍在关注着这个世界（如《橙街1号》《路障浮标的语言》《致一位亚洲兄弟》等诗）；仍在从事着一种绝望的生命对话（如《托特瑙山》），仍带着一线希望，“放牧孤岛，/……在升起的/雾里”。（《刀斧炽热》）

视听的残余[1]

视听的残余，在
一千零一夜病房里。

日与夜
熊的波尔卡：

他们再教育了你：

你将再次成为
那个他。

[1] 该诗为诗集《光之逼迫》的第一首。这首写于强制性精神治疗期间的诗，一开始就和那与死亡博弈的“一千零一夜”发生了指涉，在后面还有意挪用了当时中国“文革”期间的一个词“再教育”。

把赭石铺进

把赭石铺进我的眼睛：
你已不再
生活在那里，

省下
殉葬的
物品，省下，

让那一排石头
列步于你的手上，

以它们的梦
涂抹
颞颥骨[1]之鳞
的印戳，

在那
巨大的

[1] 颞颥骨，位于太阳穴靠近耳部上方的位置。

分岔处，重新
把你自己数向赭石，
三遍，九遍。

你如何在我里面死去

你如何在我里面死去

仍然在最后穿戴破的
呼吸的结里
你，插入
生命的碎片

那是一个

那是一个
把我们抛掷在一起
使我们相互惊恐的

巨石世界，太阳般遥远
哼着。

夜骑上他

夜骑上他，他已苏醒过来，
孤儿的上衣是他的旗帜。

不再陷入歧途，
它笔直地骑着他——

这是，仿佛橘子立在水贞树上，
仿佛它什么也没有骑驭
只有他的
最初的
出生印记，那带着
秘密斑点的
皮肤。

（芮虎 校）

谁站在你这边？

谁站在你这边？
形状像云雀
来自休耕地的石头。
无声，只在死亡之光中
沉浮。

高度
旋转出
它自己，甚至比你们
更凶猛。

满载反射

满载反射，被
天堂的甲壳虫，
在山中。

死亡
你欠我的，我
来
运送。

橙街1号

锡长进我的手掌里，
我不知道
怎么办：
我无意于模型，
它也无意于我——

如果现在
奥西埃茨基[1]最后喝水的
杯子被发现，
我要让锡
向它学习，

而朝圣之杖的
主人
将穿透石墙，忍受着时间。

[1] 卡尔·冯·奥西埃茨基（Carl von Ossietzky，1889—1938），德国著名记者、作家，因为揭露和抨击纳粹德国的军国主义，1933年起被囚禁于狱中，1935年获得诺贝尔和平奖后，纳粹当局迫于国际压力将他释放。但是，两年后，他因为在狱中受尽折磨而在柏林的一家医院里去世。

路障浮标的语言[1]

路障浮标的语言，路障浮标的歌。
蒸汽压路机轰然而至
第二部
“伊利亚特”
进入这翻起的
路面，

那沙砾线缝补的
古老意象
从自身中泄漏，滑入深沟，

勇士们奋战，那油亮的
血在银色水坑里，在路边
一声砰地重击，

特洛伊，这尘灰之冠，
戴上它。

[1] 此诗和1968年“五月风暴”直接有关。策兰对席卷巴黎的学生运动很兴奋，但对暴力行为和学生们的一些主张有所保留。在此诗中，他耐人寻味地引用了荷马史诗《伊利亚特》中特洛伊之战的隐喻。

你的亚麻色影子

你的亚麻色影子，勒住
那水中游动的，
闪亮鞍褥，

——你也
有去巴黎的权利，
如果你能更苦涩地
知道你自己——，

而标戳在你腰臀上的
草图，无色，几乎接近于
凌空马术。

那逃掉的

那逃掉的
灰鹦鹉
在你的嘴里
念经。

你听着雨
并猜测这一次它也
是上帝。

一个你

一个你，捕捞于失落之物，
精确有如面具，

沿着眼睑的
折痕，以一个人
自己的折痕
那几乎接近于你，

痕迹和痕迹
最终，灰白
覆盖，死一般地。

进入这良夜

进入这良夜，同谋，
一颗星——
可渗透的叶子
代替了嘴：

一些事物留存
因这树木的监护，
荒野之浪费。

驱散的财产

驱散的财产，尘灰——
紧迫。

一晚又一晚
从思想撤回的
信息漂移
国王般硬，夜一样硬
落在抱怨的
管家手里：

从它们
扭结的
生命线里
一个回答无声地逸出：
一滴永恒的
鎏
金。

在带霜纹的甲虫背后

在带霜纹的甲虫背后
疾驶的福光
骤然越过，

一阵无助的
胃的痉挛，朋友，
它在催你
睡去。

曾经

曾经，死亡要求得太多了，

你藏身于我。

畅通了

畅通了，这一次，
也如此。

弓轮的圣咏携着
花冠。

暮色之舵回应着，
你的撕裂——
醒来的岩脉
解开自己，

而那面留下来的，斜坡，
你赢得
海拔。

一阵夜间额外的心跳

一阵夜间额外的心跳
那是来自
远方被囚的
儿子[1]
完好无损的
共振。

一个声音，在中间，
一张啼唤的面容。

[1] 这里指诗人夭折的长子福兰绪，他死后被安葬在巴黎郊外 Thiais 公墓第三十一区。策兰死后就和福兰绪安葬在一起。

相互疲倦地

相互疲倦地
成长，
漫游于栏外，
成年，

空气
涌至充满，水
也如此，

而那算命人，猛地一击，
箭头指向
心牌的背面。

描画，再一次

描画，再一次，
你的词继承了
山毛榉阴影的
嫩芽。

那里没有
任何的你可以挣脱，
你受雇于陌生者。

而我听见石头
无尽地，就在你站立时。

为了云雀的影子

为了云雀的影子
翻开这片隐藏的

休耕地，没有
硬化，
把它带入这经年的
寂静，一片田野，荒岛般，
在火焰中，

在浸透的
希望之后，
在所有分枝的
命运之后：

那里，你无悔地唱着
荒沼的牺牲，

前来找我，盲目地。

起源所在

起源所在，在夜间，
在高速路上，
众神的期待，

你的脚步坡，脑筋山，
在你心里，
被它们
浸入飞沫。

一步步爬出

一步步爬出
无常，

字词，滴落进耳中
成熟最初的时间，

峡湾们
灯芯，

简单的传说
睡梦，

你触摸它，与日子
结盟。

灯标收集者

灯标——
收集者，夜的，
张满的腹腔，
指尖上，那定向光束
为他，一只
着陆的
词牛。

灯标——
大师。

什么也没有

什么也没有
只有孤单的孩子
在喉咙里带着
虚弱、荒沼的母亲气息，
如树——如漆黑的——
桤木——被选择，
无味。[1]

[1] 策兰这首诗可视为对评论家君特·布吕克尔的一个回答，布吕克尔曾在《每日镜报》上发表评论称："即使在策兰将自然元素引入的时候，也不是自然诗意义上的抒情唤起。在《夏日报道》里，百里香草地也没有散发出醉人的气息，它是无味的。"这类无视诗的现实发展、一味要求"散发醉人气息"的所谓美学要求，也只会使策兰更加坚决地在他所选定的路上走下去。阿多诺在《美学理论》中赞赏策兰这样的创作："在抛开有机生命的最后残余之际，策兰在完成波德莱尔的任务，按照本雅明的说法，那就是写诗无须一种韵味。"（T. H. Adorno: *Aesthetic Theory*, Translated by C. Lenhardt, Routledge and Kegan Paul, 1984, p443.）

变暗的

变暗的碎片回声
在脑海的
水流里，

防波堤在我上方——
朝它所在之处上升，

看吧，
如此多
未入窗的事物涌现，

闲置的
忠诚的干草堆，
一柄来自
祈祷者地窖的
来复枪托，

一和无。

痛苦–笔记簿

痛苦–笔记簿，
成为雪，融化于雪：

在日历的裂口
他的摇篮，他的摇篮
被这新诞生的
虚无。

刀斧炽热

刀斧炽热
挥舞在我们之上，

对话
与楔形斧，在洼地里——

放牧孤岛，你
带着希望
在升起的
雾里。

在黑暗的劈砍中

在黑暗的劈砍中我知道了：

你活着向着我，不过，
是在储水塔里，
是在
储水塔里。

从这封未写的

从这封未写的
纸页
读出的信，

死者的反射玩具
以银灰的链条锁住，
被三个银亮的节拍
跟随。

你知道：那跳跃
总是，会越过你。

再一次

再一次，螳螂，
从词的颈背
跃入你滑倒之地——，

勇气——向内
漫游于意义，
意义——向内，
勇气。

磁性的蓝

磁性的蓝映在嘴里，
你抓住又一个磁极，

夏日之雪
在峰顶抛撒它自己，

很快，那受惊、摇晃的悬挂
消融于成倍嗡鸣的蜂群。

一个可做撇号的

一个可做撇号的
是这只——
振翅高飞的乌鸫[1]，
在火墙之上，在
巴黎后面，在那里，
在
诗里。

[1] 德文“乌鸫”（Amsel），和策兰的原名“Antschel”以及卡夫卡的希伯来名字“Amschel”都很接近。

闰世纪

闰世纪，闰——
分秒，闰——
生日，[1]十一月了，闰——
死。

储存在蜂槽里，
“bits
on chips”[2]

这来自柏林的大烛台诗，

（非隔离的，非——
档案的，非——
福利的？一种
生活？）

阅读之站台：在晚词[3]里，

---

[1] 策兰生于1920年11月23日，那一年为闰年。
[2] “bits /on chips”，为当时新出现的英文计算机用语，用于信息储存。
[3] “晚词”（Spätwort），策兰自造的复合词语。

从天空中
救下光焰的舌尖，

梳理在火炮下，

感觉，结霜的——
纺轴，

冷却发动——
以血红蛋白。

（芮虎 校）

在布兰库斯[1]那里，我们俩

如果这些石头中的一个
曾被泄露
他应该保持沉默的东西：
这里，附近，
在一个跛行老人手杖的顿戳中
它将打开，像一个伤口，
在此你将潜入，
孤独地，
远离我的尖叫，它已经
随之凿好，白色。

（芮虎 校）

［1］布兰库斯（Brancusi），罗马尼亚艺术家，策兰在巴黎曾和妻子一起访问过他，当时，这位艺术家已经 78 岁。

致一位亚洲兄弟

这自我美化的

炮火

升向天空，

十个

轰炸机打哈欠，

一次速射开花，

与和平一样肯定，

一捧稻米

如你的朋友一样消失。

（芮虎 校）

高门 [1]

一个天使漫步走过这个房间：
你，靠近未打开的书
赦免我
再一次地。

两次石楠发现养料。
两次它变得苍白。

[1] 高门（High Gate），伦敦北边的一个地名，邻近策兰的姑妈当年在伦敦的住地。

现在

现在，当祷告者的膝垫燃烧，

我吃这书

和它所有的

荣耀。

爱尔兰女人

这个爱尔兰女人，发缝里的杂色，
在你的手中读着，
不断地
加速。

她蓝色的一瞥让它显得斑驳，
失去与获得
合一：

你，
以目光触摸的
远处。

永恒们[1]

永恒们击打在
他的脸上并
越过，

慢慢地扑灭所有
烛燃的火灾，

一种绿，不生于此地
用绒毛覆盖了岩石
下颌，孤儿在那里
埋葬并被
再次埋葬。

[1] “永恒们”（Die Ewigkeiten），原诗为复数形式。

我仍可以看你

我仍可以看你：一个回声，
可用感觉的词语
触摸，在告别的
山脊。

你的脸略带羞涩
当突然地
一个灯一般的闪亮
在我心中，正好在那里
一个最痛苦的在说，永不

托特瑙山 [1]

金车草，小米叶，[2]

从井中汲来的泉水

覆盖着星粒。[3]

在

小木屋里，

题赠簿里

——谁的名字题在

我的前面？——，

那字行撰写在

簿里，带着

希望，今天，

一个思者的

---

[1] 托特瑙山位于弗莱堡附近，海德格尔夫妇在这座黑森林山上有一座小木屋。1967年7月25日，策兰在弗莱堡大学朗诵完后，受海德格尔邀请到托特瑙山上会面。策兰回巴黎后，写下了这首诗，并特意制作了一份收藏版本，寄赠给了海氏本人。

[2] 金车草、小米叶都有疗伤的效能。

[3] 在小木屋左侧有海德格尔夫妇开凿的井泉，像其他来访者一样，策兰很可能也畅饮过这清澈的山泉。只不过这里的“星粒”并不那么简单——那引水木槽上雕刻的星星，是否也使他想到了纳粹时期强迫犹太人佩戴的黄色星标（即大卫星）？很可能。

（不再踌躇的

走来）

之语[1]

存于心中，

森林草地，不平整，

红门兰与红门兰，零星，

生疏之物，后来，在途中，

变得清楚，

那个接送我们的人，

也在倾听，[2]

---

[1] 什么才是策兰所期待的“一个思者的/（不再踌躇的/走来）/之语”？法国哲学家拉巴尔特（Philippe Lacoue-Labarthe）在《作为经验的诗》中最初猜测是“请原谅”，但他很快修正了这一点：“那是绝对不可原谅的。那才是他（海德格尔）应该（对策兰）说的。”当然，也有另外的解读，德里达2001年在北京大学所作的“论宽恕”的演讲中，针对波兰裔法国哲学家杨凯列维奇提出的“不可宽恕论”（“宽恕在死亡集中营中已经死亡”），主张一种绝对的无条件的宽恕；在这次演讲中，德里达就认为策兰这首诗是一种“赠予”，同时它也是一种“宽恕”。（见《德里达中国讲演录》，杜小真等编译，中央编译出版社，2002。）

[2] “那个接送我们的人”，有人把他解读为接送策兰去托特瑙山的司机，但也可以理解为海德格尔本人，在隐喻的意义上，他也正是那个在存在的领域“接送我们的人”，而他“也在倾听”。“倾听”用在这里，一下子打开了一个更大的历史和思想空间。

这走到半途的
圆木小径
在高沼地里，

非常
潮湿。[1]

（芮虎 校）

[1] “圆木小径”，可能取自海德格尔哲学著作中的隐喻，“走到半途”，也让人联想到海德格尔的“在通向语言的途中”。而这“走到半途的 / 圆木小径”，通常被理解为是通向对话之路，但它“非常 / 潮湿”！显然，这个结尾成为全诗的重心所在，它暗示着大屠杀之后和解的艰难，创伤弥合的艰难。

不再有半棵树

不再有半棵树，在这
斜坡的高处，
没有
发表见解的
百里香。

边界雪和它的
气味，那探听着界桩
和路标的阴影，
宣告它们
死亡。

苍白声部

苍白声部，从
深处剥取：
无言，无物，
它们共用一个名字，

你可以坠落，
你可以飞翔，

一个世界的
疼痛收获。

水井般的

水井般的
形状
深入诅咒，白日梦
以双重的臀部
坐于其上，

方石
镶口
围住每一次呼吸：

卧室，我留下你，蹲伏，
握着你，

心指挥着
那轻柔地迷惑我们的霜寒
在分开的
前沿，

你不会成为花朵
在骨瓮墓园

而我，草图携带者，没有
矿砂、拱顶牵累，在这
圆木泥屋中，没有
天使。

（芮虎 校）

不要提前做什么

不要提前做什么，
不要抛头露面，
停下
就在这里：

虚无到最深处，
卸下所有
祈祷的负担，
完全合乎于
先知的手迹，
不可逾越。

我就这样接纳你，
代替所有的
休息。

我们已躺在

我们已躺在
深深的灌木丛里，当你
终于匍匐着爬出。
但我们不能
以什么遮暗你：
那里是强光的
统治。

驳船的年代

驳船的年代，
那些半变形者拖拽着
世界中的一个世界，

那从高处跌落者，内化了，
言说在河岸的额头下：

还清了死亡，还清了
上帝。[1]

[1] 这一句话为引语，引自德国13世纪神秘主义教父艾克哈特（Meister Eckhardt）。

《雪部》

（*Schneepart*，1971）[1]

---

[1] “雪部，最后拱起，/ 在上升的引力里……”（《雪部》）这是灵魂最终的风景。而与“拱起”“上升”相对应，全诗的最后一节则是：“词语的阴影 / 劈砍出来，堆积 / 在深坑里 / 围绕着铁镐。”

这正是一个诗人一生劳作的写照，或者说，他已这样在词语中“劈砍”了一生（策兰早年曾被纳粹劳动营强征为苦力，当别人问他干什么时，他总是这样回答：“铲！”）这或许就是策兰为什么会用“雪部”作为整部诗集名的原因。

即使是处在如此的词语“深坑”里，“彼特拉克”也会为他“再一次 / 出现于视野”（《黄泥玩偶》），而死去多年的父亲，也会回来并站在他“精疲力竭的膝上”（《在我精疲力竭的膝上》）。策兰的这些晚期诗作，依然贯穿着丰富的历史和人性的内容。《你躺在》则是一首具有强烈沉痛感的力作，也是诗人为 20 世纪的黑暗历史所做出的最后见证。因此，我在编选时把它放在了这一辑的最后。

雪部

雪部，最后拱起，
在上升的引力里，在
永远无窗的
茅屋前：

扁扁的梦掠过
投在带槽纹的
冰上；

词语的阴影
劈砍出来，堆积
在深坑里
围绕着铁镐。

黄泥玩偶

黄泥玩偶：不翻动
这里的石头，

只是蜗牛壳，
未吹胀的，
在讲述荒漠：你们
是居民——：

野马群猛攻
猛犸的
犄角：

彼特拉克[1]
再一次
出现于视野。

[1] 彼特拉克，意大利诗人。策兰曾在《从加冕中出来》等诗中向这位他深受激励的流亡诗人先驱致敬。

未冲刷，未上色

未冲刷，未上色，
在后来此地的
矿井之屋：

那里，
我们发现自己，
疆土之上，总是，

有一阵
迟到的
升降斗的风
穿过我们，而云团
随之沉浮，

煽动着
在里面，小丑吹着——
骨笛，

一道飞影在
彩虹的穹隆里

治疗我们，在七重

天里，

冰川时代临近

一对毛毡天鹅掌舵

穿过彷徨的

石头圣像

风中的掘井者

有人将在傍晚演奏中提琴，在小酒店，
有人将在足够的词上倒立，
有人将双腿交叉绞在门廊上，紧挨着旋花。

这一年
不呼啸而过，
它掷回到十二月，十一月，
它翻掘自己的创伤，
它向你打开，年轻的
坟墓般的
井
十二个张开的嘴。

从沼泽里

从沼泽里爬向
向往的住地，
一道血红素
留在希望的滑膛枪内，
那标志，不耐烦的
成熟，居于其内。

乡间空气，图尔纳富街区[1]。

[1] 图尔纳富（Joseph Pitton de Tournefort，1656—1708），法国植物学家，1700年写下《植物基础》，将9000种植物划分为22纲698属，这一分类系统一直被采用。在巴黎先贤祠附近有图尔纳富街。

这个后口吃的世界

这个后口吃的世界，
我将作为它的
客人来到，一个名字，
从墙上如汗渍渗下，
而向上舔着创伤。

（芮虎 校）

我听见斧头开花

我听见斧头开花，
我听见一个不可命名的地方，

我听见那只瞅着他的面包
治愈被吊死的男人，
为妻的已为他焙好，

我听见他们呼唤生活
那唯一的庇护。

在我精疲力竭的膝上[1]

在我精疲力竭的膝上站着
我的父亲，

死一般
巨大
他站在那里，

米哈依洛夫卡[2]和樱桃园
一起围绕着他，

我知道有一天
将会这样，他说。

（芮虎 校）

[1] 该诗为与《雪部》中的诗作同期写下的诗，并未编入《雪部》。
[2] 米哈依洛夫卡，位于乌克兰的集中营的名字，策兰的父母在这里遇难。

一片叶子[1]

一片叶子，无树，
献给贝尔托·布莱希特：

那里是怎样的时代，
当一场对话
几乎是一种犯罪，
因为它包含了
太多说出的东西？

[1] 此诗是对东德诗人、剧作家贝尔托·布莱希特的回应，布莱希特在《致后来的人们》中有这样的诗句："这是怎样的时代，当一场/关于树木的谈话也几乎是犯罪/因为它意味着对那么多恐怖保持沉默？"

裸子植物

裸子植物，你的
祈祷者的披风：
把你自己
说进披风里。

但是请把你自己
递给我，就像
把赢得的蓝给予
赢得的白。

什么在编织

什么在编织
这声音？这声音
在织着
什么
向这里，向另一边？

深渊们
对白色起誓，从它们
升腾起
雪针，

吞咽它，

你整理世界，
数数
以如此多的九个名字，
称呼屈膝。

坟冢，坟冢，
你

爬上山丘，活着，
到来
进入吻，

一次振鳍，
持续地，
照亮海湾，
你抛下
铁锚，你的影子
从灌木丛里把你擦去，

到达，
溯源，

一只甲虫认出你，
你接近于
你们自己，
毛虫们
吐丝缠绕你，

这伟大的
地球

允许你们过境，

很快
那叶脉向你编织，
火花
必须通过，
在这屏息的一刻，

那一天，一棵树，如你的一样挺立，
由它来解密数字，

一个词，以它所有的绿，
进入自己，移植自己，

跟随它

（芮虎 校）

有些东西像夜

有些东西像夜，锐利的
舌头甚于
昨日，甚于明日；

有些东西像她
鱼嘴的问候
越过了悲哀的
柜台；

有些东西被吹散
在孩童拳头里；

有些东西出自我
而无迹可求。

以田鼠的嗓音

以田鼠的嗓音
你吱吱靠近，

一个锋利的
钳夹，
你咬，从我的衬衣透进皮肤，

一片布，
你从我的嘴上滑过，
甚至当我以诉说
来加重你，阴影
落下。

在蜥蜴的

在蜥蜴的
皮下，癫痫
之症，
我安放你，在草席上，
山墙和洞
埋葬我们，以光的
肥料。

给埃里克[1]（一）

一个良心，
启发，猛压
方程式瘟疫
在两侧，

刻不容缓：时间
早就该垂直掌控
其反叛的天平。

完全像你，儿子，
我那带箭头的手
和你一起。

[1] 埃里克（Eric Celan，1955—），策兰之子。策兰给他的两首诗，均写于1968年巴黎“五月风暴”期间。

给埃里克（二）

历史挖掘
在扩音器里，

坦克蠕动于市郊，

我们的杯子
斟满丝绸，

我们站立。

进入一月

进入一月
在带冰刺的
侏罗纪岩洞。(醉饮它
并叫它
巴黎。)

霜冻的肩头;
哑默的
岩枭立于其上;
古字母在脚趾间;
毫无疑问。

邮包

邮包，焙烤
成铜钱大，用
凹凸之光；

再铲些怀疑——
防滑的沙；

铰入轨道，满载
影轮的货车。

木雕面具

木雕面具，
流涎之嘴
踏滑轮的小丑：

眼睛悬挂在
你的耳垂上
并蹦跳得
发绿。

以夜的规定

以夜的规定给超——
骑者，超——
滑者，超——
闪电者，

不——
唱颂诗者，不——
摇摆者，不——
遍体鳞伤者，提前在
疯帐篷前种植

带胡须的灵魂，有着——
冰雹之眼，白砾石的——
口吃者。

（芮虎 校）

岩石瀑布

岩石瀑布，在甲虫背后。
那里，我看见未撒谎的一个，
站在它的绝望上。

幸运——像你孤寂的
风暴——它的远
带着镇定。

马普斯伯里路 [1]

寂静的光
照亮你，从一个
黑女人的脚踵。

在她那边
木兰花时刻的
半钟
在那也在寻找意义的
胭红色前，或——
无处寻找。

整个
时间庭院 [2] 围绕着
嵌入的子弹，那毗邻的，在颅侧。

猛地一跃，吞下合流的空气

[1] 马普斯伯里路（Mapesbury Road），策兰的姑妈在伦敦住地附近的一条街道。
[2] 策兰在阅读海德格尔时曾记下“时间庭院”（Zeithof）这个词。

滞重而斜远。

别再延缓了，你。[1]

[1] 该诗最后一句让人联想到巴赫曼《延缓支付的时间》一诗中的名句："到期必须偿还延期付款的时间 / 已出现在地平线上。"

一面崖[1]

一面崖：伦勃朗，
汝和你带着光的碰溅
星宿的蚕食
作为胡须，鬓角的卷发[2]，

掌纹刻痕于你的额头，
直至沙漠，在
台形岩石上，
在你
右边的嘴角
闪烁着圣诗[3]之十六。

---

[1] “一面崖”，地质学名词，通常处在沙漠或海边，只有一面崖。这是策兰在伦敦国家艺术馆观看伦勃朗晚年自画像后写下的一首诗。

[2] 鬓角的卷发为犹太人的特征。伦勃朗晚年画过许多虔诚的犹太人。

[3] 指《旧约》中的赞美诗。

基辅公园[1]们

现在，那个你
堆积自己的地方，再次，
在我手中，
在这一年里下沉，

结结巴巴的山雀
消融于完全的
蓝色。

[1] 基辅公园，伦敦西南部的一个植物公园，策兰的原诗题“Kew Gardens”运用了复数形式。该诗为与《雪部》中的诗作同期写下的诗，并未编入《雪部》。

你长发的回音

你长发的回音
——我洗出它的石头——，
覆上白霜，
以未加封的
前额
我带给你
名声。

你用那黑弹弓

你用那黑弹弓，
你用那石子：

这是夜中夜，
我从后面为自己照明。
带我下去，
把我们带向
那真正的。

慢板

同样的路，你，荒野般临近：

比
死亡
更巨大，我们
躺在一起，秋天的
水仙花簇拥在
你的呼吸的眼睑下，

那对乌鸫悬立
在我们身旁，下面
我们的白色高度，跟随
前行

转——
移。

你耳朵里的设计

你耳朵里的设计开出
一朵花，你是它的年，
无舌的世界和你谈着，
六人之一
知道它。

越过超便桶的呼唤

越过超便桶的呼唤：你的
伙伴，他可以被命名，
挨着破书的边缘。

来，带着你的阅读微光
这是一道
路障。

墙语

一个毁容的天使，重新焕发，消逝——
一个发现它自己的幻影。

星宿的
武器，带上
记忆：
一心一意地，向着她
惦念的狮子
行礼。

（芮虎 校）

在太阳穴碎片背后

在太阳穴碎片背后，
在变酸的
木头酒里，

（你从那里来的地方，
谈话声变暗，向着南方），

大丽花颤抖，在黄金前，
在座椅上
总是那么愉快。

而力量和痛苦

而力量和痛苦
和那压迫、驱使
攫住我的：

闰年的
回声，

松木陶醉，曾经，

你的伤寒，坦娅[1]，

那脱缰的念头
与其说它是什么
不如言及其他。

[1] 坦娅，策兰早年在家乡大学时代的同学。

让活者活 [1]

让活者活，让他们都活，
让所有的梦分散，
看，我升起，我落下，
是另一个，什么也不是。

[1] 该诗为与《雪部》中的诗作同期写作的诗，并未编入《雪部》。

这世界不可读

这世界不可
读。所有都重影。

强劲的钟
且让分离的钟点
嘶哑。

你，在你最深处夹住，
攀爬出自己
永远。

在收据中 [1]

在收据中
他们
还想要
付账

全部买走了
被他们
就像我们每一个
在真实的
写作中

很快就要破晓
留下几个字：
我也
把你否定了
并窃取了你

[1] 该诗为与《雪部》中的诗作同期写作的诗，并未编入《雪部》。

为何都同时在家

为何都同时在家，出出入入？
瞧，我可以如冰川一样陷入你体内。
你曾亲手打死你兄弟：
在他们之前，雪弹簧的一个，
我曾和你一起。

扔出你的比喻
向那剩下的：
有人想知道，
为何我和神在一起
与和你在一起并不同，

有人
想淹死在里面，
两本书占了肺的位置，

有人，把自己刺入你，
用伤口呼吸，

有人，离你最近，

自己丢失了，

有人，装饰你的性器
以你的背叛和他自己的，

或许
我曾是这每一个

（芮虎 校）

紫丁香天空[1]

紫丁香天空，带着黄窗斑，

雅各杖[2]戳立在
安哈尔特[3]残骸上，

闪耀的时代，尚无迹
可寻，

从
站立酒吧到
雪酒吧。

---

[1] 策兰这首诗写于 1967 年 12 月下旬圣诞节前夜在柏林朗诵期间。

[2] 雅各杖，古代西方航海测距仪，呈十字架状。

[3] 1938 年 11 月 9 日，策兰曾在前往法国留学路上经停该火车站。这次在柏林期间，他特意重访了安哈尔特废址。

你躺在[1]

你躺在巨大的耳廓中，
被灌木围绕，被雪。

去施普雷河，去哈韦尔河，[2]
去看屠夫的钩子，
那红色的被钉住的苹果
来自瑞典——

现在满载礼物的桌子拉近了，
它围绕着一个伊甸园——[3]

那男人现在成了筛子，那女人

---

[1] 策兰这首诗写于 1967 年 12 月 22～23 日圣诞节前，在这之前，策兰抵达柏林朗诵。近三十年前，策兰曾在前往法国的路上经过安哈尔特火车站，正赶上纳粹分子捣毁犹太人商店、焚烧犹太教堂的“水晶之夜”，因此，这应是策兰第二次也是生前最后一次访问柏林。白天，策兰在朋友、柏林自由大学教授彼特·斯丛迪陪同下看雪中的柏林，参观普罗成茨监狱（“屠夫的钩子”），在圣诞市场看到一个由苹果和蜡烛扎成的圣诞花环（“那红色的被钉住的苹果”）。接下来一天，斯丛迪在接策兰的路上，边开车边给策兰指路边公寓，它在老旅馆“伊甸园”的废址上重建，1919 年 1 月 15 日，带有犹太血统的左翼政治家罗莎·卢森堡和李卜克内西在那里被极端民族主义分子杀害。就是由这些看上去互不相干的材料，策兰写出了这首诗。

[2] 施普雷河、哈韦尔河为贯穿柏林的两条运河。

[3] 斯丛迪认为该诗“最苦涩的核心词”，就是“伊甸园”及这个词后面的破折号。（Peter Szondi, Susan Bernof-sky: *Celan Studies*, Tanslated by Susan Bernofsky with Harvey Mendelsohn, Stanford University Press, 2003.）

母猪，不得不在水中挣扎，[1]
为她自己，不为任何人，为每一个人——

护城河不会溅出任何声音。
没有什么
　　　　停下脚步。[2]

---

[1] 在当局对凶手的所谓“审判”中，当法官问及李卜克内西是否已死了时，回答是“李卜克内西已被子弹洞穿得像一道筛子”；当问及罗莎·卢森堡时，凶手之一、一个名叫荣格的士兵（正是他在“伊甸园”旅馆开枪击中罗莎·卢森堡，并和同伙一起把她的尸体抛向护城河）这样回答：“这个老母猪已经在河里游了！”对于这件震动一时的政治谋杀事件，汉娜·阿伦特在她的《黑暗时代的人们》中也有专文叙述。阿伦特称：“卢森堡的死成为德国两个时代间的分水岭。”

[2] 对于这首诗的结尾，斯丛迪这样评论：“诗歌停下来了，因为没有什么停下脚步。因为没有什么停下来这样的现实，使诗歌停下来了。”“没有什么 / 停下脚步”，因为人们不愿面对过去的黑暗历史。

《时间家园》

（*Zeitgehoeft*，1976）[1]

[1]《时间家园》为策兰生前编定死后出版的最后一部遗作。据约翰·费尔斯蒂纳在策兰传中提示，策兰在阅读海德格尔时曾记下“时间庭院”（Zeithof）这个词（约翰·费尔斯蒂纳可能没注意到策兰在《马普斯伯里路》一诗中就用了这个意象），后来演变为“时间家园”，这让人想起了里尔克的一段诗：“暴露在心的山坡上。看，那里多么不起眼，/ 看：那词语的最后村庄，更高处，/ 还是那么渺小，但那是最后的 / 感觉的农家……”

“时间”一直是策兰诗学的重要维度，在《不莱梅文学奖获奖致辞》中他曾这样宣称“诗歌不是处在时间之外的。诚然，它要求成为永恒，它试图穿过并把握时间——是穿过，而不是跳过”。“时间家园”贯穿的主题，便是穿过时间的寻找。这种终极性的寻找和追问，体现在“从碎裂的 / 疯狂中 / 我站起来 / 并观看我的手，/ 看它如何画出 / 一个唯一的 / 圆”（《会有某种东西》）这样的诗中，也体现在策兰在 1969 年 9 月底到 10 月中旬第一次访问以色列期间写下的十九首诗中。对策兰来说，耶路撒冷之行是朝圣之旅，他与早年故乡的女友伊拉娜·施穆黎（Ilana Schmueli）的重逢（“是你带来了奇迹？还是奇迹带来了你？”策兰回到巴黎后给施穆黎的信），也再次激发了他的创作激情，使他在命运把他夺走之前，用他的“孩子气的希伯来语”（施穆黎语）发出了“Hachnissini”（“收留我”）的声音（见《结成杏仁的你》一诗）。

当然，策兰的耶路撒冷之诗不仅富有激情，也经历了那些酷热的沙子之夜对一个诗人的全部“索取”（见《我们，就像喜沙草》）。卡夫卡曾在他的日记中写道：“从某一点开始不再返回。这个点是可以达到的。”策兰以他一生痛苦的摸索，达到了这个点，通向了这个点。

你躺在你自身之外

你躺在你自身
之外，

而在你自身之上，
躺卧着你的命运，

白眼瞳，已从
一首歌中逃离，某物来临，
它足以用来
撕裂舌根，
甚至在正午，就在那里。

我在世界背后为你领航

我在世界背后为你领航，
你和你自己一起，不再畏缩，
安详地
欧椋鸟查看着死亡，
芦苇提醒着石头，你拥有
每一样事物
为这个晚上。

葡萄园的围墙

葡萄园的围墙起了风暴
在永恒的骚动中，
葡萄们
反叛着，

骨髓
也骚动着，在心的
不安宁中，在真实者的
庇护中，

五种谷物
分蘖于四季，

它们潜入。

在钟摆之形里

在钟摆之形里
信–不信
灵魂喘息，

无意义星辰
繁殖自己，甚至以我的
手，在你那
荒凉不毛的沙丘上，

我们到过那里
在很久以前。

在我的

在我的
夏日闪电之膝盖前
一只手
擦拭你的眼睛
停在那里，

一阵骚动
从围绕着我们的
圈子中
拽出必然性，

有时候，不管怎么说
天空死在
我们的鞘翅
之前。

从这沉没的鲸额

从这沉没的鲸额
我读你——
你认出了我，

天国
把自己猛地
掷向渔叉，

我们六条腿的
星星的胯部在流沫，

慢慢地
有人看见它在升降
安慰的残余：虚无
在晃荡。

你在我后面抛撒着

你在我后面抛撒着金子
我快要淹死了：
也许一条鱼可以
贿赂。

那光亮的

那光亮的孢子，
我触到的
在你身内游，

名字
在划动中自由——它们
航行于海峡，

在前面，一种祝福
因这天气的缘故
攥成了
拳头。

会有某种东西

会有某种东西，稍后，
以你来充满
并上升到
一张嘴

从碎裂的
疯狂中
我站起来
并观看我的手，
看它如何画出
一个唯一的
圆。

种葡萄者

种葡萄人挖着
黑暗时辰的钟
深又深，

你读，

不可见者
从他们的边界里
招引着风，

你读，

敞开者在他们的眼睛后
带来石头
它认出了你
在安息日。

漫游的灌木

漫游的灌木，你捕捉
你自己的演说，

誓不回头的星花
在这里加入进来，

如果一个
打断了歌咏的人，
此刻对指挥棒讲话，
他的和每一个人的
盲目
将会废除。

（芮虎 校）

当我

当我忍受戒指的阴影，
你忍受着戒指，

有一些事物惯于负重
拉紧
并举起我们，
一个无尽头的
带来尽头的你。

众神的大拇指

众神的大拇指
摁下，我在我的
树皮衫里
抓住最下面树枝的鸟雀，很快
会是今天，永远，这些
标志，这一窝
光线的雏鸟，
它们到来
展翅，向着你
越过反物质
进入彗星的
育林区里。

直到

直到
我将你作为一个影子触摸，
你才信任
我的嘴，

它攀升着
带着后来才想起的事物
攀入
时间的庭院，

你撞向大群
二手利用者
在天使之中，

沉默狂
如星。

（芮虎 校）

小小的夜

小小的夜：当你
把我接纳，接纳，
向上，
三英寸的痛苦在
地板上：

所有这些沙砾的死亡披风，
所有这些无能为力，
所有这些仍在
笑
以它们的舌头——

号角之部

号角之部
深入到这炽热的
空白经文
在火炬的高处
在时间之洞中：

聆听你自己
以你的嘴。

我从两个杯子喝酒

我从两个杯子喝酒
并草草划过
国王诗中的停顿
就像那个人[1]
和品达一起，

上帝转动着他的定音叉
就像一个
小小的正义[2]，

抽彩圆桶已溢出
我们的两小点。

（芮虎 校）

[1] “那个人”是指荷尔德林。荷尔德林在法兰克福巴德洪堡国王图书馆供职期间曾翻译过古希腊抒情诗人品达的颂歌。

[2] 策兰曾翻译过艾吕雅题为《小小的正义》的组诗。

藏红花

藏红花，在
好客的桌子上。
心的标记
短暂的流亡——
来自彼此的
真实，
你需要
每一片草茎。

（芮虎 校）

结成杏仁的你[1]

结成杏仁的你，只说一半，
依然因抽芽而颤抖，
你
我一直让你等待的
你。

尚未
被
挖去眼睛，
未被荆棘吞没，在众天体的
赞颂中，是这歌之启始：
Hachnissini[2]。

[1] 这是策兰为他在以色列重逢的早年泽诺维茨时代的女友伊拉娜·施穆黎写下的一首诗。

[2] Hachnissini，希伯来语，意为“收留我”。第一位现代犹太诗人凯姆·纳什曼·比亚里克的一首广泛传诵的诗曾以这个祈使语开头：“Hachnissini tachat Knafech”（“请收留我到你的翼下”）。在上海虹口区的犹太难民纪念馆中也镌刻有比亚里克的这首诗。

我们，就像喜沙草

我们，就像喜沙草[1]一样坚贞，
在涅维·阿维维姆[2]，

未吻过的
悲痛石
因为充满
震动着

它触向我们的嘴
它变化
靠近我们，

它的白色成为一种，
跟着我们，

我们把持着我们自己：
从你，到我，

---

[1] 喜沙草，又名固沙草，多见于海边沙洲。该诗为写给伊拉娜·施穆黎的一首诗。

[2] 以色列海滨小城，靠近特拉维夫，在沙洲上建成。

当心，这夜，在沙[1]的

支配下，

它会对我们俩

竭力索取。

[1] “沙”在策兰的诗中时常出现，它和犹太民族古老的流浪命运相关。因为策兰早年所写的《从骨灰瓮倒出的沙》，约翰·费尔斯蒂纳在策兰传中说：“到1969年，沙又回到他这里，或者说，他又回到了沙里。”

虚无

虚无，因我们
名字的缘故
——把我们纳入——，
密封，

结局相信我们是
开始，

在大师们的
面前
降临的沉默环绕我们
在未区分中，证据
一道捆绑的
光辉。

明亮的你

明亮的你
宇宙中一个
盲肿瘤小女，

逮住
被超天国的侦察兵，
转送到那注视的，上帝——
放弃的
星堆蓝里，

你变得
有腥味了
在我们饥饿的、绷紧的
毛孔前，
也是一个太阳，在两侧
在炮火闪耀间的
深渊。

酷热

酷热
把我们聚数在
押沙龙[1]墓边的一声
驴叫里，[2]这里也一样。

客西马尼园[3]，在远处
绕着圈子，谁
被它吞没？

在最靠近的门廊里，虚无敞开，

通过你，打开一道，我更近地忍受着你。

---

[1] 押沙龙，大卫之子，因为背叛父亲被杀。
[2] 耶稣当年骑驴进入耶路撒冷。
[3] 客西马尼园为传说中耶稣祷告、沉思之地，园中至今仍生长着八簇古老的橄榄树。

一个戒指，弓的弯曲

一个戒指，弓的弯曲，
在蜂拥的词后散开，
它倾落在世界后面，
随着欧椋鸟。

一支箭，当你嗖嗖地射向我，
我知道它从何处来，

我忘了，它从何处来。

它站立

它站立：无花果枝叶
在你的唇上

它站立：耶路撒冷
环绕着我们

它站立
那松树的清香，在我们
感激的丹麦船[1]上：

而我站立
在你之中。

---

[1] 纳粹德国占领丹麦前后，丹麦人民曾用渔船等各种船只帮助近 8000 名犹太人偷渡到中立国瑞典，耶路撒冷现立有“丹麦船”纪念碑。

极地

极地
在我们身内，
不可逾越
当我们醒来，
我们睡着靠近
慈悲门[1]前，

我把你归还给你，那是
我雪白的安慰，

说，那是耶路撒冷，

说它，仿佛我曾是
你的白色，
仿佛你曾是
我的，

仿佛没有我们我们也可成为我们，

---

[1] 慈悲门，耶路撒冷圣殿山被永远封闭的城门，只有最后审判的日子来临才会再打开。

我翻阅你的枝叶，永远，

你祷告，你安顿
我们的自由。

附录：策兰文选、书信选

不莱梅文学奖获奖致辞

“Denken”（“思考”）和“Danken”（“感谢”）这两个词，在我们的语言里出自同一词根。如果我们溯源而上，追溯“gedenken”（“想念”）、“eingedenk sein”（“掂念”“铭记”）、“Andenken”（“纪念”）、“Andacht”（“虔诚”）这些词语，我们就进入了记忆和忠诚的语义学的领域。请允许我因此感谢你们。

从那一片区域我走向你们——绕了多么大的弯路！然而，有这样的弯路吗？对你们中的并不熟悉那里的大多数人而言？那片区域，是由马丁·布伯[1]用德语重新讲述的哈西德教派的故事传说的家园，它曾是——如果我可以用少许从那遥远的地方重新回到我这里的细节对这幅地形图做一些补充的话，它曾是一片存活着人类和书籍的风景。那里，处于哈布斯王朝的一个省份内，现在已被历史抹去。[2]我第一次遇见鲁道夫·亚历山大·施罗德[3]这个名字，还是在我读鲁道夫·伯尔夏特[4]的《石榴颂》的时候。就在那本书里，那来自“不莱梅出版社”的读物，为我勾画出“不莱梅”

---

[1] 马丁·布伯（Martin Buber，1878—1965），著名奥地利/以色列犹太宗教思想家、精神导师，策兰曾深受其影响。

[2] 策兰的故乡泽诺维茨原属奥匈帝国布考维纳首府。策兰出生两年前奥匈帝国瓦解，该城划归罗马尼亚，1940 年以后被并入苏联乌克兰共和国，改名为切尔诺夫策。

[3] 鲁道夫·亚历山大·施罗德（Rudolf Alexander Schröder，1878—1962），德国诗人、作家、翻译家。

[4] 鲁道夫·伯尔夏特（Rudolf Borchardt，1877—1945），德国作家、诗人、翻译家。

的形象。

不过，尽管通过书籍，通过作者们的名字和书籍的出版者们，不莱梅有些靠近了，它听起来依然是不可触及。

那可接近的，尽管同样遥远，却为我可以触及，曾是维也纳。你们知道发生了什么，在那些到来的岁月，甚至对这最近的日子。

在所有丧失的事物中，只有一样东西还可以触及，还可以靠近和把握，那就是语言。是的，语言。在一切丧失之后只有语言留存下来，还可以把握。但是它必须穿过它自己的无回应，必须穿过可怕的沉默，穿过千百重谋杀言辞的黑暗。它穿越。对所发生的一切，它对我并没有说什么，它只是穿过它。它穿过它并重新展露自己，因为这一切而变得“充实”。

在那些年月和后来的日子里，我试着用这种语言写诗：为了言说，为了确定我自己的位置，为发现我自己从何处来，到何处去，为了勘探出我自己的现实。

正如你们所见，它意味着移动，意味着事情的发生，意味着*在途中*[1]，并试图找到自己的方向。每当我被问及对此的感觉时，我便提醒我自己，沿着顺时针转动的方向，那也许就是问题所在。

因为诗歌不是处在时间之外的。诚然，它要求成为永恒，它试图穿过并把握时间——是穿过，而不是跳过。

一首诗，是一个语言的例证，因此对话是本质性的，它可以

[1] “在途中”原文为法语“en route”。在对德语听众的演讲中，策兰特意用了这个外语词，提示着一个诗人的流亡。

作为一个“瓶中信”被投向海中，带着一种希望——当然并不总是那么强烈：它可能什么时候被冲到什么地方，也许那正是心灵的陆地。正是以这种方式，诗歌成为一种路程：它们向前跋涉。

向着什么？向着一些敞开的事物，那可居住的地方，向着一个可接近的你，也许，一种可接近的现实。

我认为，现实就是这样被留在一首诗中的。

并且我也相信，不仅我自己带着这样的想法，这也是一些年轻诗人的努力方向。在一个人造之星飞越头顶，甚至不被传统的天穹帐篷所庇护的时代，人们便暴露在这样的未知与惊恐中，他们把这种存在带入语言，被现实压迫并寻找着这现实。

（1958）

（芮虎 校）

曼德尔施塔姆诗歌译后记

奥西普·曼德尔施塔姆生于1891年，与他同时代、同命运的诗人有尼古拉·古米廖夫、维里米尔·赫列勃尼科夫、弗拉基米尔·马雅可夫斯基、谢尔盖·叶赛宁、玛琳娜·茨维塔耶娃，这些诗人，用罗曼·雅各布森的语言来讲，他们属于被同时代人所“废弃”的人——而这个词的意蕴我们还没有开始去探测。曼德尔施塔姆，达到了他的同时代人无与伦比的程度，他写诗进入一个我们通过语言都可以接近并感知的地方，在那里，围绕一个提供形式和真实的中心，围绕着个人的存在，以其永久的心跳向他自己的和世界的时日发出挑战。这显示了从被毁弃的一代的废墟中升起的曼德尔施塔姆的诗歌，与我们的今天是多么相关。

在俄国，他们的祖国和起源地，曼德尔施塔姆的诗集《石头》(1913)、《哀歌》(1922)和《诗选》(1928，这一卷包含了他十月革命后所写的诗篇)，仍然沉默着，等于不存在，至多被顺便提及。新编选的曼德尔施塔姆诗歌，以及他的重要的故事和散文，于1955年由纽约的契诃夫出版社推出，并带有一个由葛列伯·史楚夫和鲍里斯·菲利波夫–菲利斯汀斯基所作的绪论。

这些诗歌最深刻的标志，是其深奥和它们与时间达成的悲剧性协议，而这也标志着诗人自己的人生之路：20世纪30年代，在斯大林的“大清洗”运动中，他被驱逐到西伯利亚。他是否是死在那里不得而知，或者如《泰晤士文学增刊》宣称的那样，他后来回到了俄国被希特勒军队占领的地区，与那里的犹太人分担着同样的命运，在这个问题上，谁也无法回答。

曼德尔施塔姆写作的知识背景，它的俄语的，以及犹太语、希腊语和拉丁语的遗产，它的宗教和哲学思想，在很大程度上仍是未知。（关于他，人们通常把他视为“阿克梅派”的一员，但这显示出来的不过是他所有非凡的工作中的一个侧面。）

这本德语诗选，是第一个容量较大的以书籍形式出现的译本；[1] 这些诗中只有少许的诗被译成意大利语、法语和英语出版。在所有的一切机遇中我想给出诗歌最需要的：使它存在。

1959年5月9日

---

[1] 策兰翻译出版的曼德尔施塔姆诗选，收有曼德尔施塔姆早中期三部诗集《石头》《哀歌》《诗选》中的40首诗作，包括了《失眠。荷马。绷紧的帆》《这个夜晚不可赎回》《哀歌》《我们将重逢于彼得堡》《世纪》《无论谁发现马蹄铁》《石板颂》《1924年1月1日》等重要作品。

对巴黎福林科尔书店问卷的回答（1958）

提问者询问哲学家和作家关于他们当前的写作情况

你们很好心地问我现在的写作和计划。不过，你们问到的这位作者到目前为止只出版了三本诗集。因此，我只是作为一个诗人来回答，并试着不超出你们的问题范围。

德国诗歌当前的趋向和法国诗歌很不相同。尽管它的传统还存在，但它被记忆中的那些最不祥的事件和增长的问题所缠绕，它不再以那种许多人似乎都期待听到的语言讲话。它的语言已变得更清醒，更事实了。它不信任“美丽”。它试图更真实。如果我可以从视觉领域多色调的表象中找一个词来比拟其现状，它就是一种“更灰色”的语言；这种语言，甚至在它想以这种方式确立自己的“音乐性”的时候，也和那种处于恐怖的境地却还要多少继续弄出“悦耳的音调”的写作毫无共同之处。

这种语言，尽管有其不可剥夺的表达上的复杂性，它要达成的是精确。它不美化，也不促成“诗意”；它命名，它确认，它试图测度被给予的和可能的领域。真实，这永远不会是语言自身运作达成的，这总是由一个从自身存在的特定角度出发的“我”来形成其轮廓和走向。现实并不是简单地摆在那里，它需要被寻求和赢回。

只是，我现在仍然是在围绕你们的问题吗？这些诗人！最后，我也希望，有一天人们能够写出来一部坚实的小说。

对巴黎福林科尔书店问卷的回答（1961）

问卷的主题是“双语写作的问题”

你们问及语言，问及思想，问及诗歌。你们简要地提出了问题。也允许我同样简要地回答。

我不相信会有一种双语诗歌这类东西。双语谈话，是的。对此你们可以在我们当今时代各式各样的艺术和词语的特技表演中发现，尤其是在那些想要在消费文化的时尚中营造出一片和谐喜气的事物中发现，它们存在着，通晓多种语言而又显得光怪陆离。

诗歌是语言的必然性的独一无二的例证。因此永不——请原谅这种不言自明，但是诗歌，如同真实，其来去常常就像那些狗一样——因此永不成双成对。

在希伯来作家协会的演讲

我走向你，以色列，因为我需要你。

我很少感到像现在这样强有力，我做出了正确的事情，在我看到和听到一切之后——我希望这不仅仅是为了我自己。

我相信我对犹太人的孤独意味着什么已有了一些想法。在这一切中，我理解了你感激的自豪，你播种下的每一点绿色，现在都使那些从这里经过的人重新获得生机。我也理解了那种洋溢在所有新赢得的事物中的欢乐，我感到了，并被词语充满，它们急切地催促着一个人转向这一切。我理解了这一切在我们这个日益嘈杂和陌生的时代意味着什么。这里，在你内在的和外面的景象中，我发现了如此多的朝向真理的冲动，如此的自我确认，如此的向世界敞开的伟大诗歌的独一无二性。我相信，我已与那种坚定和自信的决心相遇，正是它在支撑着人类。

我对你充满感激，我对这一切充满感激。

特拉维夫—阿维维姆，1969年10月14日

致汉斯·本德尔 [1]

亲爱的汉斯·本德尔：

谢谢您5月15日的来信和您为您的选集《我的诗是我的刀》的盛情约稿。

我记得我曾经对您讲过，诗真的就在那里，诗人未予考虑，它不再被参与了。今天，我想我会做出不同的表述，带着更多的细微差别，但在根本上我仍然持这种老派的看法。的确，就这方面来看，现在的人们喜欢不假思索地称它为手艺（craft）。但是，如果您允许我总结一些更多的思考和经验——手艺，就像纯净性一样，通常成为所有诗歌的条件。这一类技艺当然大多不会带来有价值的奖赏，不会拥有格言般的"金质底部"。天知道它到底有没有什么底部。多么深奥迷人，人们（哈，我不在其列）甚至还这样来称呼它。

手艺意味着手工，是一件手的劳作。这些手必须属于一个单独的人，等等。一个独一的、必死的灵魂以它的声音和沉默摸索

[1] "只有真实的手写真实的诗"，策兰致西德诗人、编辑汉斯·本德尔（Hans Bender）的这封信，可视为对克莱尔卑劣指控的一个回答（他也希望本德尔能公开发表这封信）。当然，策兰这封信之所以重要，还在于他对诗歌写作、对诗的当下处境的认识。他的"只有真实的手写真实的诗"已被人们经常引用。法国哲学家伊曼努尔·列维纳斯在 *Proper Names* 中专门有一章论策兰："从'存在'到'他者'"（"from being to the other"），他非常赞赏策兰所说的"在握手与一首诗之间，我看不出有任何本质的区别"。这样的"握手"，在他看来，既是与"他者"也是与自己的最真实的相遇。

着它的路。只有真实的手写真实的诗。在握手与一首诗之间，我看不出有任何本质的区别。

不要带着些诗呀和诸如此类的什么来。我怀疑这样的东西，连同它的远远近近，这意味着，那些事物与它当下的语境相去甚远。

是的，是有着某种操练——精神意义上的，亲爱的汉斯·本德尔。并且就在那里，在每一条抒情的街角，以污粪围绕的所谓词语的材料进行试验。诗作也是礼物——全神贯注的礼物。命定承受的礼物。

“如何作诗？”

一些年前，我有一些机遇见证，后来，从某种距离观察了“制作”（making）如何愈来愈变成了“制造”（making it），随后就成了阴谋诡计（machinations）了。是的，那里就有一些这类东西。对此也许您也知道。它的产生并非偶然。[1]

我们生活在黑暗的天空下，并且——那里只有少许人类的存在了。所以，我想，诗也不会多。留给我的希望很小。我试着把握住那留给我的。

---

[1] 这一段除了针对那类“伪诗”“非诗”外，还指向伊凡·戈尔遗孀克莱尔所精心编造并到处传播的对策兰的“剽窃”指控。罗马尼亚裔法国哲学家齐奥朗在回忆策兰的文章中就称“某位诗人的遗孀出于文学上的嫉妒，在法国及德国发起了一场卑鄙得无法形容的攻击策兰的运动。”（Paul Celan: *Selections*, Edited by Pierre Joris, University of California Press, 2005, p208.）

祝愿您和您的工作一切顺利。

您的保罗 · 策兰

1960 年 5 月 18 日，巴黎

致奈莉·萨克斯（两封）

亲爱的奈莉，亲爱的好奈莉！

我们已经在布列塔尼清澈的天空下待了八天，我们的小房子就在一个大公园的边缘，这个公园很大，足以适合野兔和人们。大海就在附近，我们遇到的人单纯而又友好。每天，像往常一样，我们都会想起远方的你。你呢？我确信你骑自行车不会有埃里克好——只有少许人可以那样！我想，这就是你不得不去写诗的原因。我觉得一定要告诉你的是，写诗似乎并没有骑车难。因为，你知道，一个人并不是独自在骑，因为总有人做帮手，特别是在骑上坡时，而且不只是有两个轮子，而是有好几个配合在一起，通常是五个。用这种方式骑车是否也会将人带到低洼的农家院里，并在那里可以看到许多刚生下来的小猪仔？有时会的，你说呢？当然，这只是在特殊的环境下，比如说在闰年……什么？我们现在就处在这样的年份？那就看在上天的分上，让它持续下去，不要跃向反面！我们做同样的事情，也就是说：我们信赖你！我们知道我们可以而且被允许信赖你。

致以石楠和矢车菊的问候，致以忍冬、毛地黄和金雀花（不是刺人的荆豆）的问候。

你的保罗

1960年7月20日

我亲爱的，我的好奈莉：

弗莱·沃斯科前天打电话来以你的名义询问我们的福利待遇——感谢你那姐姐般的好心，从心底感谢你那正在靠近、与我们在一起的心！这里很安静，奈莉，安静，即使连埃里克这样的在他父亲连续写作时也不能保持安静的孩子，在房间里骑马骑骆驼的时候也是如此。有时，在某种情况下，他会咩咩地叫，而不再发出马嘶声，那就是当平茨高[1]上部的山羊从他手里吃东西的时候，那真是一个“牛羊遍地”的地方。一年前，他已经以相当合适的理由结交了一些朋友。现在，无论我自己是否愿意，我也得去效劳，要他骑在“羊背”上穿越风景旅行，而这些风景就是家具，也就是要爬的山峦，所以这可不是一件轻松的任务。但是我已经学得非常多了，我正在进步，相信我，埃里克会向你证实这些的！而在我们休息的空闲时间里，我被允许回到对叶赛宁的诗的翻译中去，这要感谢埃里克在骑术上的指导，我的翻译也在进展，也许说不上是在策马奔驰，但还是保持了相当的速度。

你呢，奈莉？现在，那个你盼望的、对你有帮助的古德隆和你在一起了，你们彼此一定有很多的话要说，在那总是明净的天空下，说着新新旧旧的话。我会一直看着你，一直看着你们俩，

[1] 平茨高（Pinzgau），滑雪度假胜地，位于奥地利萨尔茨堡州。

发自内心的感激。

永远是你的保罗

1960 年 8 月 11 日，巴黎

致勒内·夏尔

亲爱的勒内·夏尔：

谢谢您如此真实的信。谢谢您的握手——我也握着您的。什么事情在对我发生，[1]请原谅我再说一遍，也请相信我，这在它的类型中是很特殊的。诗歌，如您深深所知，其存在有赖于诗人，有赖于一个人——如果没有了这个人——您看看，这些恶棍，这些右的如同这些“左”的，已经在一起合谋好了要灭绝我。我不能再出版了——在这个领域也如此，他们知道如何孤立我。您——他们把您流放到同样的境地，但是您的真实的国家还为您保留着。至于我自己，我是重新分配的，所以他们以向我投掷石块为乐……以我自己的一些割裂的碎片。我想您不会惊讶的，如果我告诉您首先“跳出来”的是哪些冒牌的诗人。那些人中有不少都在我们共同的“朋友”之列，勒内·夏尔，许多。——当心那些模仿您的人，勒内·夏尔。（我知道我在说什么，对不起。）在他们的白费力气中，他们把您视为形象的来源，并添加些东西，以创造出他们自己的外观：他们并不是您的反射，他们在抹黑您。……[2]他们费尽心思地在暗中要削弱我们的友谊……他们得到了不少帮助。

---

[1] 指伊凡·戈尔遗孀克莱尔精心编造并到处传播的对策兰的“剽窃”指控。

[2] 策兰在这里删掉了“他们在过去几个月里对我实施了真实的‘精神治疗’，目的是使我精神崩溃”这一句。1962年底至1963年初，策兰第一次被强制送去接受精神治疗。

您看，我总是试图去理解您，试着对您做出反响，把您的作品作为一件任务放在手里；[1] 曾经，当然，我的手握着您的，以免失去我们的相遇。对您的作品中没有——或尚未对我的理解力敞开的东西，我以尊敬和等待来回应：一个人不能假装他已完全领会，如果那样，对于未知的存在——或进入存在的诗人都将是一种不尊重；就忘了诗是一个人所呼吸的东西；是诗把你吸入。（不过这呼吸，这韵律——它从何而来？）思想——哑默——，因而再次拥有了语言，即对呼吸的组织；关键性的，它对这呼吸间隔的串通：它辨认，它不判断；它做出决定；它选择：它保持着它的同情——并服从于这同情。

但是允许我再回到这封信的前面：您告诉我您可以创造出虚无以使您的敌人们在那里坠落并死去——我很高兴地看到你如此强大，不可攻破；但在眼下我自己的虚无也难以摆脱，到目前为止他们所可能创造出的围绕我的虚无让我不能不担心，我看到它……那个发动了整个生物竞争的东西，我很难说出它的名目。而这些生物，我看到他们很有繁殖力：他们在成倍地繁殖；因为谎言知道如何不胫而走——真得谢谢这些“天仙般的妖女”，或如果不是这样，类似的一些东西。

人类的流亡、流浪成为真实……

---

[1] 策兰于1954年认识夏尔，并成为朋友，后来和他一起合作翻译了夏尔的诗集《战时笔记》。这部译诗集在今天受到高度评价。

（我知道有人在谈到您时引用了圣·琼·佩斯[1]和他的“双语”诗人——：在此，他们也相信他们可以为他们卑鄙的欺骗获得一份证词……）

哦，雪的层次，您告诉我的那种！我拥有它也有很长时间了！我把它堆在我妻子铺开的桌布上——我们可爱的圆桌——为了招待……如此多烂泥的化身！

我们记得您的第一次光临，勒内·夏尔，记得您在您的书中的赠言。[2]受蹂躏的草茎再一次挺起身来。第二个奥林匹亚山神的心就处在它们中间，那也是它的鞠躬。[3]

保罗·策兰

（1962年3月22日，巴黎，未发出）

---

[1] 圣·琼·佩斯（Saint-John Perse，1887—1975），法国著名诗人，1960年诺贝尔文学奖获得者。

[2] 夏尔在赠送给策兰的诗集上写有“给保罗·策兰，一个我一直在想着的人”的题词。

[3] 古希腊神话中居住在奥林匹亚山上的众神本来是超脱尘世的，但在策兰这里，它们和“受蹂躏的草茎”处在了一起，并作为它们的“鞠躬”！